A.MERTENS REL.

8°

4(

F

3

8

PRIX : **60** centimes.

ERNEST GAY

FILLE DE COMTESSES

 PARIS. ERNEST FLAMMARION, Éditeur, 26, rue Racine. PARIS.

8

FILLE DE COMTESSES

DU MÊME AUTEUR

LE COMMANDANT MARTY, brochure (*épuisé*).

LE SERGENT VILLAJOUX. 1 vol. grand in-18, 2e édition (*épuisé*).

BARONNETTE. 1 vol. grand in-18, 5e édition (*épuisé*).

LE SERGENT VILLAJOUX. 1 vol. in-8º illustré.

SIX MOIS A L'ENNEMI. 1 vol.

NOS ÉDILES. 1 vol. grand in-4º.

LE SERGENT VILLAJOUX. 1re partie, collection à 60 centimes.

L'ALGÉRIE CONTEMPORAINE. 1 vol. grand in-8º illustré.

ÉMILE COLIN, IMPRIMERIE DE LAGNY (S.-ET-M.)

ERNEST GAY

Fille de

Comtesses

PARIS

ERNEST FLAMMARION, ÉDITEUR

26, RUE RACINE, PRÈS L'ODÉON

FILLE DE COMTESSES

PREMIÈRE PARTIE

I

La vieille noblesse se cantonnait en ses châteaux.

— Jamais, s'était écrié le marquis d'Alboise, à l'avénement de l'Empire, jamais je ne me rallierai !

Et il avait tenu parole.

Le marquis d'Alboise avait longtemps servi son pays dans la diplomatie où il se disposait à lancer son fils, lorsque survint la révolution de 1848. Mais s'il avait servi le régime issu de 1830, c'était à regret et parce que ce régime l'avait surpris au début de sa carrière. Et ce légitimiste qui s'était fait violence, lorsque son avenir se dessinait à peine, pour rester dans la vie publique au service du Roi de cette révolution bâtarde et mal venue — c'est ainsi qu'il s'exprimait devant ses amis — de cette révolution connue sous le nom de Royauté Constitutionnelle, ne devait pas, au déclin de sa vie, hésiter un seul instant à se retirer devant la révolution nouvelle qu'il regardait, cette fois, comme la vraie. Et il s'enferma, alors, avec sa famille, dans le château dont il portait le nom.

Cet homme, très érudit cependant, conservait les idées rétrogrades de son parti, se refusant à accepter les faits accomplis et à marcher avec son siècle. Sa vie devint aussi calme, aussi uniforme qu'elle avait été remplie et variée. Il sortait rarement de son château, recevant les visites de ses voisins et les rendant le moins possible, et Paris, qui avait valu une messe pour le bon roi Henri IV, n'était plus pour le marquis que la ville infernale dans laquelle il ne retourna jamais.

Comme détaché du monde, il se désintéressa de tout, de ses affaires personnelles aussi bien que des affaires publiques, ayant mis toute sa confiance dans son notaire, Me Fourniol, seul roturier admis avec lui sur un pied de quasi intimité. Aussi ne s'occupait-il, en aucune façon, de gérer sa fortune, assez considérable, recevant ses fermages sans même vérifier les comptes que lui fournissait son homme d'affaires.

Chaque année, cependant, le vieux gentilhomme se déplaçait pour accomplir ce qu'il considérait comme un devoir. Le jour de la Saint-Henri il se rendait au château de Chambord, en pieux pèlerinage. Le château était désert, mais cela lui importait peu. — La France, pensait-il, ne sera pas assez folle pour ne pas appeler le seul homme qui puisse faire son bonheur, Henri V, le roi légitime! Et l'année prochaine, certainement...

Les mois fuyaient lentement, tristement; Henri V ne montait pas sur le trône de France et le marquis, dans le méthodique écoulement des années, accomplit sa pieuse absence, jusqu'à sa mort.

Henri, son fils aîné, avait reçu une éducation très soignée et il était destiné à embrasser une carrière où le nom des d'Alboise était justement estimé. Mais la chute de Louis-Philippe avait singulièrement changé la face des choses.

Livré à lui-même, le jeune d'Alboise aurait facilement fait litière des préjugés paternels, mais il subit fatalement l'influence de son entourage et, bientôt, il se crut trop véritablement gentilhomme pour faire quoi que ce fût. L'oisiveté devint sa principale occupation, car on ne saurait dire qu'elle n'est pas occupée la vie agitée, la vie de débauches que mènent les fils de famille.

Le marquis laissait flottantes sur le cou de son fils les rênes de l'existence; aucun travail n'était digne de lui en attendant l'arrivée triomphale d'Henri V! D'un autre côté, sans aucune énergie et d'assez pauvre intelligence, la marquise était bien incapable de réagir contre les tendances de son mari et de donner une bonne direction à l'éducation de ses enfants.

Henri d'Alboise usait et abusait de la faiblesse de ses parents, choyant sa mère pour se faire pardonner

ce qu'il appelait ses « peccadilles » et faisant en
sorte que son père, auquel il répondait toujours res-
pectueusement, fût, cependant, désarmé devant ses
sottises et ses folies.

Chasseur intrépide, il voisinait beaucoup avec les
autres châtelains, nouant des intrigues un peu partout et courant les fermes dont il troussait les filles
avec une désinvolture qui lui avait fait, dans les ma-
noirs comme aux champs, la réputation d'un parfait
débauché.

Mme d'Alboise surveillait, autant qu'il était en son
pouvoir, sa fille Antoinette, beaucoup plus jeune mais
qui, déjà, annonçait une nature indépendante et romanesque, et les histoires qui couraient le pays sur le
compte de son frère n'étaient pas de nature à calmer
les préoccupations de la marquise. Et la pensée de se
trouver seule, un jour ou l'autre, l'obsédait. Elle s'en
ouvrit au notaire de la famille.

— Monsieur Fourniol, dit-elle un jour sans aucun
préambule, le marquis a en vous une entière confiance?

— Je le crois, madame la marquise, et j'en suis
d'autant plus fier que M. le marquis n'accorde pas sa
confiance à tout le monde!

— Cela est vrai, aussi ai-je compté sur vous pour
m'aider dans une entreprise dont j'entrevois toutes
les difficultés...

— Pourquoi désespérer d'avance?

— Oh! je connais le marquis et il n'est pas homme
à fausser compagnie à ses principes!

— Dieu m'est témoin, madame la marquise, que mes faibles services vont sont acquis...

— Je le sais, monsieur Fourniol, et je m'adresse à vous comme au seul ami... de la famille à qui je puisse confier mes inquiétudes... Le marquis n'est plus jeune et j'appréhende le moment où, seule, j'aurai à guider mes enfants et à diriger ma fortune. Ma fortune vous regardera, mais... Henri et Antoinette ?...

— Pourquoi ?...

— Pourquoi me tourmenter, n'est-ce pas ? Oh ! je ne me fais pas d'illusion, monsieur Fourniol: Le marquis a beaucoup travaillé et ce changement subit d'habitudes et de vie m'effraie. Henri est encore un enfant et la mort de son père sera pour lui la liberté... C'est là ce qui m'épouvante...

— Si monsieur le marquis, risqua le tabellion, voulait comprendre ou seulement admettre les progrès accomplis depuis la grande Révolution de 1789 et permettre à son fils d'entrer dans la carrière à laquelle il était promis...

— Le marquis avait consenti à grand peine, vous le savez, à servir Louis-Philippe ; maintenant, il attend Henri V et je n'ose espérer qu'il veuille jamais voir un d'Alboise servir un Napoléon... Enfin, je m'en remets à vous. Faites accepter vos théories égalitaires par le marquis et je vous en serai éternellement reconnaissante. Peut-être en est-il temps encore ! Henri a commencé ses fredaines, ses peccadilles, selon son expression, mais son père n'est-il pas un peu la cause de tout ce qui arrive ?

Mme la marquise d'Alboise était une pure légitimiste et, malgré son peu d'intelligence, elle comprenait mieux que le marquis les sacrifices qu'il fallait
faire aux circonstances et à son temps. Dans d'autres
familles, aussi royalistes que la sienne, on avait
accepté les faits accomplis et l'on n'en était pas
moins honorable pour cela ! Et son amour maternel
lui faisait plus ardemment souhaiter de voir son fils
accepter une occupation, sinon une situation. Mais
elle, se sentant bien impuissante à aborder avec le
marquis un semblable sujet de conversation, s'en remettait aveuglément au savoir-faire du notaire.

Plusieurs fois, Me Fourniol avait tenté de s'acquitter
de sa mission ; mais, par prudence, il avait dû différer
un entretien difficile. Une fois, cependant, le marquis
lui-même lui fournit l'occasion qu'il avait vainement
cherchée. Un de ses parents venait d'être nommé
préfet, acceptant de l'usurpateur une fonction qu'il
occuperait avec distinction mais que sa fortune et son
passé lui faisaient un devoir de refuser afin de ne pas
aliéner son indépendance.

Le marquis ajoutait :

— Je puis comprendre vos idées égalitaires, mon
cher notaire, mais je ne les admets pas, et je ne les
partagerai jamais. Nous autres, nous naissons et
mourons imbus de principes avec lesquels nous ne
transigeons pas. Que mon fils fasse ce qu'il voudra,
puisqu'il me serait bien difficile de l'en empêcher...
les enfants écoutent si peu leurs parents aujourd'hui...
C'est encore votre progrès qui veut cela, monsieur

Fourniol !... mais qu'il ne me consulte pas. Il aura de la fortune et la monarchie de droit divin, qu'il a le temps d'attendre, ne saurait tarder à remplacer la monarchie populaire ou, plutôt, la révolution couronnée ! alors, Henri aura le choix parmi les nombreuses carrières qui lui seront ouvertes. Le roi pourrait-il se passer d'un d'Alboise ? L'empire, je ne l'ignore pas, serait trop heureux de voir la noblesse désarmer et venir à lui ; cela n'arrivera pas, en dépit des quelques défections qui m'attristent profondément sans changer mes opinions : les « ralliés » seront toujours une exception, Dieu merci ? Les purs légitimistes ne voudront pas forfaire à leur passé et pactiser avec un souverain qui tient son trône du suffrage universel. La fleur de lis ne doit pas, ne peut pas s'incliner devant l'aigle : mes principes s'y opposent !

Le notaire avait subi cette tirade, sans broncher, se demandant si, véritablement, le moment était bien choisi pour discuter. Il se tenait coi, indécis. Et, cependant, il avait accepté de tenter la conversion du marquis ; et il se demandait comment il entamerait la question quand le marquis s'écria, après avoir repris haleine :

— Vous voyez bien que j'ai raison, monsieur Fourniol, puisque vous ne tentez pas, selon votre habitude, de me prouver mon erreur...

L'occasion était belle et le tabellion la saisit avec empressement.

— M. le marquis, fit-il, affectant l'embarras, pourquoi discuter des choses sur lesquelles nous ne serons jamais d'accord. Vous m'avez toujours témoigné une confiance dont je vous sais gré... mais je tiens à mes idées..., je les crois bonnes et préfère les garder, simplement, au lieu de les opposer aux vôtres et de soulever un débat irritant...

— Non, non, objecta M. d'Alboise, non, je ne veux pas qu'il en soit ainsi... votre honnêteté m'inspire le plus grand respect, vous ne demandez rien à personne, vous êtes riche et ne devez votre situation qu'à votre travail, qu'à vous-même, vous êtes votre propre ancêtre, comme disait le maréchal Lefèvre, et la noblesse de vos sentiments...

— Vous êtes, en vérité trop aimable, monsieur le marquis, d'apprécier ainsi mes faibles mérites... mais, que voulez-vous, j'ai toujours vécu avec le peuple dont je suis sorti et il serait vraiment bien tard pour lui tourner le dos. Cela, vous ne le comprendriez pas, vous qui conservez... Profondément démocrate, mais de mœurs paisibles, je n'ai jamais conspiré, me contentant de penser ce que je croyais devoir penser et, je l'avoue, ayant appelé la République de tous mes vœux, je préfère encore m'incliner devant le verdict populaire... j'essaie d'être de mon temps. Mon fils me succédera, sans secousse, ayant fait de meilleures études que moi et, ma foi, je serais très inquiet sur l'avenir si je supposais que Fernand ne fit rien, se contentant de recueillir l'héritage paternel que, par désœuvrement, il serait appelé à dissiper... La jeunesse est si folle quand elle a de l'argent plein les poches! Mon nom ne peut pas être

compromis... Fourniol!... qui y prêterait attention...
Mais si M. Henri, par impossible, entraîné par ses ca-
marades, sans occupation, semait aux quatre vents
son patrimoine et compromettait le nom des d'Alboise... n'aurait-il pas mieux valu qu'il entrât dans
la diplomatie et y occupât le rang honorable...

Le marquis avait sursauté, sans répondre, quand le
notaire avait fait allusion à la possibilité de voir un
jour le nom de d'Alboise compromis, traîné dans la
boue... Maintenant, il songeait. Il reprit :

— Eh, bien! monsieur Fourniol, vous m'avez convaincu. Votre bon sens, votre loyauté valent mieux
que les raisonnements tout faits... Le progrès, je ne le
nie pas, mais il m'effraie... c'est une question d'éducation et, à mon âge, on ne se refait pas plus qu'on ne
transplante avec succès un vieil arbre... Après tout la
France vaut mieux qu'un homme et vous pouvez avoir
raison... que mon fils fasse ce qu'il voudra, mais qu'il
respecte le nom que je lui laisserai, et puisque vous avez,
jusqu'à présent, pris soin de mes intérêts avec un zèle
ardent dont je vous remercie, je confie à votre impec-
cable honnêteté le souci de veiller sur la conduite
d'Henri quand je ne serai plus là...

— Madame la marquise sera bien heureuse!

Il y avait dans cette exclamation comme une joie du
devoir accompli, beaucoup plus que la satisfaction d'une
réussite imprévue. Et le notaire était, lui aussi, véritablement heureux. Il reprit, comme allant au devant
d'une objection :

— C'est que les femmes ont la terreur plus facile

monsieur le marquis, surtout lorsqu'il s'agit de dirriger
de grands garçons !

M. d'Alboise serra affectueusement la main de
M⁰ Fourniol, mais il eut un geste douloureux et lassé,
cédant à regret, malgré tout, mais reconnaissant,
cependant, l'excellence des arguments apportés à
le convaincre. Son nom compromis, il n'y avait pas
songé, à cela ! Quant au notaire, ce ne fut qu'un
bourdonnement confus dans sa tête et dans le brou-
haha des idées, des théories qui se heurtaient, il se
demandait s'il avait bien compris et s'il avait réussi
dans sa mission.

— Avec des gens bien élevés, il y a toujours de la
ressource, murmura-t-il philosophiquement, mais
voilà, j'ai su mettre en avant le bon argument : le
nom, l'honneur du nom, et j'ai vaincu !

Et de cette victoire, le brave homme était plus satisfait que s'il eût fait un acte lui rapportant de gros
honoraires. Et comme il tranquillisa cette bonne marquise, bien surprise d'un pareil résultat, éloignant de
son cœur toutes les frayeurs qui le hantaient. Mais la
quiétude que ce grand évènement amenait dans le
château devait être de courte durée. Au retour d'une
visite à Chambord, le marquis s'alita pour ne plus se
relever. Une fluxion de poitrine devait l'enlever en
quelques jours. Mme d'Alboise se désolait ; son mari
lui répondait avec une douce résignation :

— Voyons, ma chère amie, pourquoi pleurer ainsi ?
je suis vieux, ma carrière est finie. Henri est d'âge à
se tirer d'affaire et j'espère qu'il portera toujours

dignement le nom de d'Alboise. Quand à Antoinette, elle vous tiendra compagnie : c'est le lot des mères d'élever leurs filles ! En mon état de santé, il était peut-être imprudent d'entreprendre mon pélerinage annuel ; ce m'est, cependant, une consolation de mourir après avoir fidèlement, jusqu'à mon dernier souffle, pensé à mon roi !

II

La marquise se trouvait maintenant dans la situation qu'elle avait tant redoutée. Elle était veuve! Sa fille avait alors quatorze ans et le jeune marquis avait pris sa volée vers Paris, ce Paris pour lequel il n'eut jamais l'aversion de son père. La « Ville infernale » lui apparaissait plutôt comme le paradis où, libre désormais, il croquerait à belles dents les fruits qu'il n'avait pu cueillir, jusqu'alors, que par intermittences. Et il s'inquiétait bien peu de savoir ce qu'il ferait? Entrerait-il dans la diplomatie pous continuer les traditions de la famille, où embrasserait-il telle autre carrière qu'il plairait au gouvernement de lui ouvrir? C'était là une préocupation vaine à laquelle il ne s'arrêtait pas : les événements, les circonstances, ces grands maîtres de l'existense, pourvoiraient à tout.

Mme d'Alboise fut bien seule avec sa fille dans ce grand château féodal qui pouvait porter en lui plusieurs siècles de glorieux souvenirs mais dont la vue seule causait une tristesse invincible, et Antoinette s'accommodait mal de ce tête à tête prolongé, de cette solitude trop lourde pour ses jeunes épaules. Sa gaieté naguère si bruyante, si communicative, disparut ; sa joyeuse humeur s'assombrit ; les visites et les lettres reçues, parlant toutes du deuil récent qui les avait frappées, ne suffisaient pas à la distraire. Alors, elle exagéra les habitudes qu'elle avait prises avec son frère : elle monta à cheval, conduisit son poney, se promena seule par les bois. Pas fière, elle se mêla à la vie des gens des domaines, courut les fermes, causant avec les fermiers hommes et femmes et, aussi, avec les gars du pays, dont l'idiome la réjouissait. Le fils d'un grand fermier voisin affectait de se trouver sur son chemin, lui débitant des fadaises auxquelles elle répondait avec l'insouciance et la désinvolture d'une gamine, enfant gâtée qui n'attache aucune importance à ses paroles et qui, parfois, dit de grosses sottises. Malgré elle, elle se rappelait le langage de son père. Pierre, le fils du fermier s'enhardissait, se piquait au jeu, prolongeant les conversations qu'il racontait ensuite pour en tirer vanité et passer pour le coq du village, pour l'homme à bonnes fortunes. La châtelaine ! Cela flattait son amour-propre. On en causait déjà et, avec ses sous-entendus, il laissait tout supposer.

On racontait que Pierre, le « fi » de chez Jean, le gros fermier, était au mieux avec la demoiselle du château et on disait :

— Ben sûr qu'il arrivera queque chose qui sera pas joli. Ah! si le marquis était de ce monde!

Pierre, un jour, se monta la tête. Il avait rencontré la demoiselle qui, selon l'habitude, fit un brin de conversation avec lui. Elle était descendue de cheval et, brutalement, il voulut l'embrasser. Antoinette se recula vivement et, d'un vigoureux coup de cravache, cingla la figure de l'audacieux dont elle avait senti l'haleine où fleurait l'odeur de l'ail. Le sang jaillit. Prise de pitié, elle essuya la plaie de ce nouveau balafré avec son fin mouchoir de batiste, lui criant impérieusement :

— Aidez-moi à remonter en selle,

Lui, machinalement, étourdi encore du vigoureux coup reçu mais prêt, ainsi qu'un chien, à lécher la main qui l'a frappé, avança son solide poignet sur lequel s'appuya Mlle d'Alboise qui partit au galop. Et longtemps le « fi » du gros fermier Jean regarda s'éloigner l'amazone dont il couvrait de baisers le fin mouchoir demeuré en son pouvoir.

De retour au château, la jeune fille raconta à sa mère, le plus naturellement du monde, son aventure. Elle sortirait moins, maintenant, pendant quelques jours, voilà tout. Mais aux grandes promenades qui tuaient le temps et fatiguaient sa nature exubérante, succéda l'ennui.

Un soir Mme d'Alboise et sa fille veillaient dans le grand salon et, dans l'immense cheminée, de longues bûches brûlaient, éclairant d'une vive lueur les anciennes tapisseries clouées contre les murs. La marquise lisait Lamartine pour lequel son admiration était sans bornes, et Antoinette travaillait à une bande de tapisserie pour remplacer celle, usée, d'un grand fauteuil Louis XIV sur lequel le marquis avait coutume de s'asseoir.

Depuis une heure, la jeune fille tirait, silencieuse, les aiguillées de laine ancienne pendant que sa mère savourait les vers de son poète favori. Les deux femmes n'avaient échangé aucune parole, aucun regard. Un grand silence régnait, coupé seulement par les pétillements du feu.

Antoinette déposa avec lassitude son ouvrage sur la table :

— Mon Dieu que je m'ennuie, fit-elle !

La marquise releva vivement la tête et considéra avec étonnement sa fille qui pleurait. Deux grosses larmes coulaient le long de ses joues roses.

— Qu'as-tu, Antoinette ? interrogea-t-elle. Viens m'embrasser, chérie !

Machinalement, la jeune fille se leva et vint s'asseoir sur les genoux de sa mère.

— Qu'as-tu, chère enfant ? répéta Mme d'Alboise en embrassant sa fille.

— Je ne sais... je m'ennuie...

— Voyons, il faut être raisonnable, mignonne. Tu aimais beaucoup ton père, la mort nous l'a enlevé et nous devons supporter sans nous plaindre les coups dont la Providence nous frappe. Voilà près de six mois que le malheur est entré ici, apportant avec lui la tristesse et l'isolement ! Il y avait des convenances à observer, mais j'abrégerai le sacrifice... Pour faire diversion à nos peines, nous voyagerons... les chagrins ne sont pas de ton âge... Allons, allons, chérie, sois sage... C'est que, vois-tu, je n'ai plus que toi en ce monde pour m'aider à passer moins tristement les jours qui me restent à vivre... Dès demain, ma chérie, nous ferons nos préparatifs de départ, car il ne faut plus, entends-tu bien, que les larmes rougissent ces jolis yeux... ne pleure plus...

Antoinette, la tête appuyée sur la poitrine de sa mère, écoutait silencieuse et recevait les tendres baisers de la marquise.

— Mère, je t'ai fait de la peine, mais c'est fini, je ne pleure plus, s'écria-t-elle presque joyeusement... tu es bonne... Oh! je t'aime bien! Où irons-nous?

— Où tu voudras, chérie. En Italie, en Espagne, en Suisse, où cela te fera plaisir...

— Mon frère viendra-t-il avec nous?

Comme si cette question, bien naturelle cependant, avait gâté toute sa joie d'être agréable à sa fille, la marquise répondit avec tristesse :

— Oh! non.

— Pourquoi ne nous accompagnerait-il pas?

— Ses occupations le retiennent à Paris d'où il ne peut s'absenter aussi longtemps que durera notre voyage!

La perspective de lointaines excursions avait vaincu le raisonnement de la jeune fille qui ne questionna plus.

— Quand partons-nous? reprit-elle simplement, en embrassant sa mère.

— Aussitôt nos préparatifs achevés.

— Je vais les commencer dès ce soir. Oh ! je t'aime, mère !

Antoinette ne songea pas à reprendre son ouvrage et le gauvre grand fauteuil Louis XIV ne devait pas être recouvert de sitôt.

La jeune fille interrompit quelquefois encore la lecture de la marquise par ses questions où perçait le contentement, et la soirée se prolongea moins que d'ordinaire.

III

En mourant, Louis d'Alboise avait laissé à son fils
un beau titre et une fort belle fortune, double clef,
faite de gloriole et d'or, qui devait ouvrir au jeune
marquis tous les salons de Paris. Bien connu à Tours
où sa réputation de viveur était sérieusement établie,
Henri ne tarda pas à marquer sa place parmi les
jeunes gens à la mode de l'époque.

Intelligent, instruit, distingué, brun, assez grand,
le nouveau marquis, sans être un joli homme dans la
véritable acception du mot, était un fort agréable cavalier.

Se sentant libre, désormais, il se jeta à corps perdu
dans les distractions de toute sorte dont raffolent les
gens d'un certain monde. Ses fantaisies, ses prodigalités souvent originales le posèrent de suite comme
un joyeux compagnon et aussi comme un viveur de
grande marque.

Fréquentant alternativement les salons du noble faubourg, ceux des gens nouvellement parvenus ou ralliés au pouvoir et les boudoirs les plus en renom, d'Alboise avait un pied dans tous les camps. Non qu'il songeât à faire de la politique, sa politique à lui consistait simplement à mener joyeuse vie. Et, ainsi que tous ses pareils lancés dans la grande existence parisienne, il aimait les chevaux, les femmes et le jeu. Naturellement raffiné, ses plus grandes folies ne méritaient jamais le nom d'orgies. Comme Monpavon, il avait de la tenue, mais en revanche, fort peu de retenue dans ses goûts qu'il lui fallait toujours satisfaire, coûte que coûte.

Suivant les premiers conseils de son père, Henri d'Alboise n'avait embrassé aucune carrière; mais las de la campagne et de la vie de province, il avait voyagé et rapporté de ses voyages des observations bien personnelles, des souvenirs précis qu'il savait placer avec infiniment d'à-propos. Charmant conteur, avec une pointe railleuse et beaucoup de scepticisme, il était très apprécié dans tous les mondes et ceux qui pensaient sérieusement regrettaient de voir tant de brillantes facultés mises au seul service du plaisir. On citait ses mots et ses maîtresses; on parlait de ses chevaux : c'était le lion du jour.

Un grand bal eut lieu à l'ambassade de Russie auquel d'Alboise assista plutôt par désœuvrement et par politesse que par plaisir, car il dansait peu ou pas du tout. Déjà trop vieux pour cela, au moins à ce qu'il prétendait, son temps s'écoulait à flirter.

Resserré avec quelques amis dans l'embrasure d'une fenêtre, Henri racontait un voyage qu'il avait fait en Russie, voyage émaillé d'incidents joyeux et de piquantes aventures. Il divulguait avec esprit les mœurs de la grande société russe. Un cercle s'était formé autour de lui, cercle composé d'amis communs. Son récit était tellement circonstancié qu'un monsieur lui posa nettement cette question :

— A vous entendre parler de la Russie on vous croirait Russe, monsieur !

— Je ne suis point Russe, répondit-il en souriant, mais j'ai séjourné en Russie pendant près d'un an ; n'ayant rien à faire, j'ai observé. Si j'ai été désobligeant pour les compatriotes de Pierre-le-Grand, il ne m'en faut pas vouloir, j'ai dit la vérité ou ce que je crois être la vérité...

Henri ne cherchait point à s'excuser. Il s'efforçait, simplement, de paraître n'avoir pas outrepassé les lois de l'hospitalité et de la politesse dans un salon officiel russe.

— Oh ! monsieur, repartit son interlocuteur, la façon dont vous parlez des Russes et de la Russie ne m'offusque pas du tout. Il y a tant de vrai dans ce que vous dites ! Je suis Russe, mais il serait téméraire de ma part de trouver parfait tout ce qui se passe à Pétersbourg.

— Mon cher d'Alboise, dit un attaché d'ambassade, permets-moi de te présenter... M. le comte Nicolas Slikoff... M. le marquis d'Alboise !

Le comte et le marquis s'inclinèrent mutuellement.

Peu à peu, le groupe se dispersa et tous deux continuèrent la conversation engagée.

Le comte Slikoff était bien connu à Paris. Ses écuries étaient renommées, ses trotteurs très remarqués. D'une taille sensiblement au-dessus de la moyenne, mais bien prise et toute aristocratique, sa pâleur lui donnait une suprême distinction et ses yeux d'un éclat étrange devenaient fascinateurs quand ils se fixaient. Nature fine, nerveuse, enveloppante ou terrible à ses heures, selon qu'il voulait, en Russe bien appris, séduire ou cacher une passion sur le point d'éclater ou encore brusquer une solution. Le comte Nicolas à la tête d'un clan tartare aurait fait des exploits, serait devenu un héros de légende lorsque, dans un salon, les femmes à imagination vive suspendaient leur attention aux lèvres de ce charmeur contant une chasse à l'ours dans son pays.

Une grande intimité devait naître entre deux hommes ayant des goûts et des habitudes à peu près identiques.

Au nom de Slikoff, d'Alboise avait vivement relevé la tête; mais, trop bien élevé pour laisser paraître sa surprise, il avait salué, simplement, de même que si ce nom lui avait été inconnu. Néanmoins, en l'entendant prononcer, il s'était demandé si le comte était le mari ou le parent d'une comtesse Anna Slikoff qui, à cette époque, emplissait Paris de ses faits et gestes, ou bien si cette conformité de nom n'était due qu'au hasard.

Il n'avait jamais rencontré la comtesse dans le

monde, mais souvent, aux Champs-Elysées, au Bois, il l'avait vue conduisant elle-même; il savait qu'elle vivait en véritable étrangère, c'est-à-dire en femme qui se soucie fort peu du qu'en dira-t-on, sans égard pour les habitudes françaises.

La comtesse donnait des fêtes vraiment royales et aimait, surtout, à s'entourer d'artistes; elle avait une cour, et dans cette cour paraissait rarement l'époux.

Le marquis savait tout cela comme il savait aussi qu'elle était jolie femme. Cependant il n'avait jamais cherché à assister à ses réceptions. Et, tout pensif, d'Alboïse se disait :

— Quelle étrange rencontre! Il me semble que la comtesse Slikoff jouera un rôle important dans ma vie. Bast, nous verrons !

On a de ces pressentiments.

— Vous êtes, paraît-il, grand amateur de chevaux? demanda le comte en prenant congé du marquis.

— En effet, amateur plus que connaisseur !

— Je serais très heureux de vous montrer mes écuries et de mettre mes chevaux à votre disposition.

— J'userai et... abuserai, peut-être, de votre offre gracieuse!

Et sans attendre la réponse du gentilhomme étranger, Henri se retira.

Dès le lendemain, rencontrant un de ses amis très ferré sur la chronique parisienne, il le questionna sur le comte Slikoff et sut bientôt son histoire ou, plutôt, ce qu'on en savait dans le monde. Bien des gens trouvant beaucoup de choses obscures et inexpliquées dans la vie de ce ménage mondain, prétendaient que la belle Anna Slikoff n'était que la maîtresse du comte; d'autres affirmaient qu'elle était bien réellement sa femme.

Ceux-là avaient raison.

A la vérité, les deux époux vivaient sous le même toit parfaitement étrangers l'un à l'autre, menant, chacun de son côté, la vie qui lui convenait. Aucune querelle de ménage, du reste, aucune discussion n'avaient amené ce résultat arrivé tout naturellement.

Slikoff ayant rencontré la belle Anna dans le monde éprouva pour elle un violent caprice, qu'un moment il put prendre pour une passion plus sérieuse. Sachant bien qu'il n'obtiendrait la jeune fille qu'en l'épousant, il s'était trouvé marié, un beau matin, avant d'avoir pris le temps d'y penser. Et il se lassa de sa femme comme il se serait lassé d'une maîtresse. Mais s'il reprit bientôt sa vie de garçon, il est vrai de dire qu'il laissa à la comtesse une entière liberté d'allures avec la faculté de satisfaire à sa guise ses goûts luxueux et mondains. Elle, du reste, n'exigeait pas davantage, ayant épousé Nicolas sans répugnance mais sous l'empire d'un entraînement passager.

Quelques jours après l'entrevue du bal de l'ambassade russe, Henri faisait la visite annoncée. Le comte lui fit un accueil empressé et lui montra en détail ses écuries dont il était très fier, puis ils sortirent.

Ces deux hommes habitués au même genre de vie, tous deux plus intelligents que la plupart de leurs

compagnons de plaisirs, ne pouvaient manquer d'en
arriver promptement à une grande intimité. Mais,
longtemps, leurs relations conservèrent exclusivement
le caractère d'une amitié de garçons, Henri n'osant
pas demander d'être présenté à la comtesse dont
Slikoff prononçait rarement le nom devant lui.

Un soir, en sortant du cercle, le comte dit au marquis :

— Venez-vous au bois demain matin ? J'ai fait une
nouvelle acquisition et, si vous le voulez, nous l'es-
sayerons ensemble.

— Très volontiers ! Quelle robe ?

— Noire. C'est une superbe bête qui m'arrive de
Russie. Vous la monterez, cela l'habituera à son compagnon.

— Merci, je suis forcé d'enfourcher « Nestor » qui
n'est pas sorti depuis plusieurs jours; mon palefrenier
m'assure qu'il démolira son box si je ne lui fais
prendre l'air.

— A vos souhaits, et à demain.

Le lendemain, le cheval du comte piaffait tumul-
tueusement dans la cour de l'hôtel. Sellé, bridé, il
n'attendait plus que son cavalier. La comtesse parut
sur le perron.

— Nicolas, fit-elle, m'accompagnez-vous ce matin ?

— Impossible ! j'ai donné rendez-vous au marquis
d'Alboise qui veut bien venir avec moi essayer mon
nouveau cheval.

— Marquis d'Alboise !... répéta la comtesse comme

cherchant dans ses souvenirs... Ah oui ! votre nouvel
ami que vous n'avez pas daigné me présenter ?

— La présentation sera toute faite puisqu'il va
venir...

— Eh bien ! nous serons trois à la promenade au
lieu de deux. On le dit charmant, votre ami ?

— Vous en jugerez vous-même... j'entends caracoler
son cheval... Mais ma nouvelle bête vous incommo-
dera... je ne sais ce qu'elle fera... peut-être serait-il
prudent d'attendre.....

Pendant qu'ils échangeaient ce propos, Nestor qui
depuis plusieurs jours n'avait pas quitté l'écurie, cara-
colait capricieusement, piaffait, encensait, faisait le
beau. En face l'hôtel des Slikoff il se cabra et fit son
entrée dans la cour, tout comme un cheval de haute
école. Apercevant la comtesse, Henri sauta lestement
à terre et vint la saluer pendant que Nestor retombait
d'aplomb et se laissa saisir sans difficulté par un
domestique.

— Monsieur le marquis d'Alboise... madame la
comtesse de Slikoff... dit sans hésiter le comte en
serrant la main d'Henri.

La présentation était faite.

— Votre cheval est bien dressé, monsieur le marquis,
s'écria la comtesse.

— D'habitude Nestor est plus modeste, aujourd'hui il
a compris qu'on le regardait...

— Marquis, interrompit Nicolas, la comtesse désire
que nous l'accompagnions... la promenade sera peut-
être accidentée avec cette bête que je ne connais pas ..

— Superbe! fit en se retournant d'Alboise qui n'avait pas encore aperçu l'animal.

— Une promenade agitée ne me déplait pas, objecta la comtesse en se dirigeant vers l'alezan tenu par un palefrenier.

Et se tournant vers son mari :

— Votre main, Nicolas !

Slikoff tendit la main et reçut le pied cambré et finement chaussé de la comtesse qui sauta légèrement en selle.

Et les trois cavaliers partirent.

La comtesse portait une amazone de drap bleu foncé qui modelait sa taille fine, des hanches et une poitrine admirablement développées. De grosses nattes d'un blond doré s'enroulaient autour de sa tête que coiffait d'une façon charmante une petite toque remplaçant le classique chapeau des écuyères françaises.

Anna Slikoff avait vingt-cinq ans, l'âge où la femme est dans toute la plénitude de sa force et de sa beauté. Son teint mat, habituel aux gens du nord, se colorait facilement, donnant de la vie à sa physionomie un peu froide. Nonchalante par nature, avec de grands yeux de velours estompés d'un cercle de bistre, son regard, plus languissant que vif, s'allumait sous l'action d'une passion mal contenue, des feux du diamant noir. Plus Orientale qu'Européenne, la comtesse ressemblait plutôt à une courtisane qu'à une femme pudique et simplement honnête.

Dans la cour de l'hôtel, d'Alboise avait peu regardé la comtesse dans la crainte de laisser percer une curiosité trop vive. Mais une fois en promenade, chevauchant côte à côte, il avait constaté que la réputation d'Anna Slikoff était pleinement justifiée, même lorsque cette réputation l'élevait au rang des plus jolies femmes de Paris.

Comme s'il avait eu conscience de ce qu'on lui demandait ce matin-là, Nestor fit tout pour faire briller son cavalier qui, fort heureusement, n'était pas facile à désarçonner. Le comte, lui, tout attentif à sa monture dont il cherchait à apprécier les qualités et les défauts, gardait le silence ou ne répondait que par des monosyllabes aux quelques propos de d'Alboise qui, insensiblement, s'était rapproché de la comtesse.

— Monsieur le marquis, questionna tout à coup la belle amazone, aimez-vous le monde ?

— Beaucoup, madame.

— Vous en avez la réputation, je le sais, mais ne vous ayant jamais rencontré...

— Je regrette que le hasard ne m'ait pas mieux servi...

— Je donne quelquefois des fêtes et je serais heureuse de vous revoir.

Henri n'eut garde de laisser sans réponse une phrase qui cachait un reproche.

— Vos fêtes, répondit-il, sont très appréciées... le Tout-Paris élégant s'y donne rendez-vous et je serais trop enchanté d'y assister, mais n'ayant jamais eu l'honneur de vous rencontrer et de vous être présenté, je ne pouvais forcer la porte de votre hôtel et j'attendais qu'une occasion favorable vînt à mon aide.

— Mon mari aurait pu la faire naître, mais il ne pense jamais à ces choses-là lui qui préfère la chasse et... le cercle au monde. Il reste rarement à l'hôtel quand je reçois... Nous vivons à Paris en véritables étrangers, c'est-à-dire avec une liberté absolue.

Je reçois demain... on dansera, je compte sur vous pour conduire le cotillon !

— Je suis un bien mauvais danseur, madame la comtesse...

— Nous le conduirons ensemble. Vous ne refuserez pas, j'espère ? Nicolas, fit-elle, au moment où il se rapprochait d'eux, j'ai transmis une invitation à votre ami M. le marquis qui veut bien l'accepter et je pense que demain soir vous pourrez tenir compagnie à M. d'Alboise et ainsi confirmer mon invitation.

Le comte, en parfait gentleman, ne parut pas vexé.

— Marquis, dit-il simplement, je vous prendrai au cercle.

Le bois commençait à être désert; l'heure du retour avait sonné. La matinée était belle, les arbres, encore à leurs premiers bourgeons, répandaient dans l'air qu'ils embaumaient leurs parfums avant-coureurs du printemps. Tout invitait à la rêverie et d'Alboise aurait volontiers prolongé sa promenade dans les allées ensoleillées que Nestor, pris d'une ardeur nouvelle, foulait de ses folles gambades.

— Si nous rentrions, demanda le comte ?

Sans répondre, la comtesse mit son alezan au trot dans la direction de la sortie du bois et gagna quelque avance sur ses compagnons.

— Marquis s'écria Slikoff, avez-vous oublié que demain soir nous dînons au café anglais?

— C'est vrai. En acceptant l'invitation de la comtesse je ne songeais plus à nos joyeuses convives... nous ferons une apparition à l'hôtel... ces dames nous feront bien grâce d'une heure!

— Je compte sur vous pour abréger la corvée!

Le lendemain, minuit sonnaient quand d'Alboise et Slikoff parurent dans les salons de la comtesse, laissant au café anglais la société légère qu'ils devaient retrouver une heure après.

Ce soir-là, la comtesse, réellement belle, dans la plus large acception du mot, était bien la reine de son bal. Fort entourée, elle fit quelques pas en apercevant d'Alboise. Henri balbutia de banales excuses sur son arrivée tardive. Il était littéralement ébloui.

— Grâce à vous, monsieur le marquis, fit la comtesse en lui tendant la main, mon mari fera les honneurs de sa maison. Merci!

Mme Slikoff portait une robe de satin rose pâle dont le corsage savamment décolleté laissait admirer une gorge superbe à demi noyée dans un flot de merveilleuses dentelles. Elle représentait le type le plus parfait de la femme qu'on est convenu d'appeler la belle Romaine, mais une blonde Romaine du nord, semblable à une de ces divinités antiques copiées par Phidias lorsqu'il créait son chef-d'œuvre.

Elle était grande; la tête était harmonieusement proportionnée; le cou gracieux et superbement modelé avait des ondulations de cygne. Sa splendide che-

velure se déroulait, légère, bouclée, avec des reflets
de paillettes d'or sur des épaules en marbre. La taille
cambrée, fine, souple, dessinait des hanches fière-
ment campées. Le bras opulent suivait jusqu'au poignet une pente élégamment fuyante, se rattachant à
une main adorable dont les doigts potelés à la base
se fuselaient par l'extrémité.

On eût dit un merveilleux modèle posant devant
Raphaël Sanzio.

Dans les cheveux, au cou, aux bras, tout un scintil-
lement de diamants.

Henri, d'un regard prompt, détailla toutes les per-
fections de la belle Russe qui montrait dans un coquet
sourire les dents nacrées dont sa bouche était emperlée.

— Elle est bien belle, pensa-t-il ! Et le comte qui la
délaisse pour des !... c'est toujours ainsi.

En promettant de retourner au Café anglais, d'Alboise avait trop préjugé de ses forces. Pour la première fois, peut-être, il allait manquer à la parole
donnée à une femme.

Il n'avait pu s'imaginer, lui, un viveur de premier
ordre, que la comtesse exerçait une fascination aussi
puissante et aussi immédiate.

Certes, il l'avait trouvée jolie, la veille ; il avait ad-
miré sa grâce, sa distinction et soupçonné les trésors
que cachait, en les accentuant, son élégant costume
d'amazone ; il avait pensé que cette femme ne passerait inaperçue nulle part, mais il n'aurait su s'arrêter
un seul instant à l'idée de la voir ainsi semer autour
d'elle le charme et la séduction,

Il n'avait plus le loisir de se rappeler les compagnons laissés rue Marivaux et le comte, trop poli pour l'en faire souvenir, disparut.

Le jeune marquis conduisit le cotillon en homme qui n'en est point à son coup d'essai et, toute la nuit, s'enivra de voluptueuses senteurs, — une nuit d'adorables ivresses.

D'Alboise ne s'appartenait plus!

Plusieurs mois s'écoulèrent. D'Alboise menait de front une double intimité. Mais, en séducteur amoureux et sûr de voir capituler la place à laquelle, le moment venu, il donnerait l'assaut, il procédait lentement. C'est qu'il attachait un grand prix à sa conquête et ne voulait pas, pour quoi que ce fût au monde, brusquer un dénouement de nature à lui dérober à tout jamais l'objet aimé.

La comtesse se laissa prendre à ce jeu-là.

Prévenant sans excès, hardi avec politesse, Henri battait en retraite lorsque la ville dont il faisait le siège, serrée de trop près, pouvait se révolter. Alors, avec une froideur calculée, il aiguillonnait les sens de la comtesse surexcitée déjà par les propos amoureux qu'il avait adroitement échangés avec elle. Et devenu le familier de l'hôtel Slikoff, il n'en restait pas moins le joyeux partenaire de Nicolas auquel il donnait la réplique dans les soupers, tout comme par le passé.

— Comte, dit-il un jour, mon notaire m'annonce qu'il y a à vendre en Touraine une fort belle propriété et me demande si je ne lui connaîtrais pas un acquéreur. Pourquoi ne l'achèteriez-vous pas?

— La comtesse aime peu la campagne. Je ne suis pas assez bon avocat pour lui persuader qu'un peu de villégiature la reposerait de la vie qu'elle mène à Paris.

— La propriété dont on me parle est à quelques kilomètres de Tours, la ville des étrangers, et peu distante d'une terre qui a toujours appartenu aux d'Alboise.

— Le voisinage du château d'Alboise aura facilement raison de moi, mais la comtesse?... Aidez-moi... nous irons en Touraine visiter la propriété et peut-être nous déciderons-nous à l'acquérir !

La comtesse accepta assez volontiers le déplacement qu'on lui proposait. En la saison où l'on était, c'était une véritable partie de plaisir qui rompait la monotonie de son existence. Des ordres furent envoyés aux quelques domestiques laissés à Alboise d'avoir à préparer le château pour recevoir le marquis et ses hôtes.

La propriété à acquérir était située entre Tours et Alboise et avait une étendue d'environ quatre cents hectares. Le temps avait peu ou pas du tout respecté les masures qu'on appelait dans le pays : « Château du Roc ». D'un côté les bois, de l'autre, en face, la plaine. Et superbement campées sur le bord de la Loire, ces ruines offraient un magnifique coup d'œil. Au pied, la rivière roulait des eaux limpides et la plaine attirait les regards aussi loin qu'ils pouvaient s'étendre. La situation était fort belle ; partout des bosquets et des ombrages.

— Il n'y manque que le nid, dit Slikoff.

— On l'y bâtira, repartit vivement la comtesse séduite par le site.

Et se retournant vers le notaire qui avait accompagné les visiteurs :

— Monsieur Fourniol, combien faudrait-il de temps pour construire un château?

— Cela dépend, madame, soupira le tabellion... Avec beaucoup d'ouvriers et un habile architecte...

— Voici la photographie du château que nous possédons près de Pétersbourg et son pareil ferait très bien ici. Qu'en pensez-vous, Nicolas?

— J'accepte d'avance votre décision!

— Très riche! très bien! fit le notaire enthousiasmé, en regardant la photographie.

Il ajouta, avec un rire vainqueur : « Le château du Roc ayant disparu on pourra appeler son successeur : « le château Slikoff! »

— M. Fourniol a raison, dit à son tour le marquis d'Alboise qui jusque-là avait gardé le silence pour ne pas paraître influencer ses amis.

Le notaire eut une moue significative où perçait une évidente satisfaction.

D'un coup d'œil, il remercia Henri de son intervention.

L'architecte consulté décida qu'avec une suffisante quantité d'ouvriers le château pourrait être habitable l'année suivante.

— Prenez-en une armée, répliqua gaiement la comtesse, prenez-les à Paris, en Touraine, où vous voudrez, mais tenez parole.

L'acquisition de la terre du Roc suivit de près la visite de Slikoff. Tant que durèrent les pourparlers et les formalités, le château d'Alboise sembla renaître à la vie. A la campagne, affranchies des banales contraintes du monde, l'intimité du marquis et de la comtesse fut plus grande. Sous le même toit, les relations étaient de chaque jour, de chaque instant, et Anna Slikoff, loin du bruit, des fêtes et des flatteurs, se complaisait dans cette liberté.

Le calme avait succédé à la vie enfiévrée de Paris, de ce Paris où l'on vit plus vite que partout ailleurs, et l'air pur de la Touraine, respiré à pleins poumons, avait insufflé une vigueur, une ardeur nouvelles à la belle Russe dont le sang, fouetté par l'âcre senteur des matinées, montait à fleur de peau, animait son teint mat.

Le terme qu'Henri avait assigné à ses désirs devait, selon ses calculs, être singulièrement hâté par le voyage de Touraine et, surtout, par le séjour à Alboise.

En effet, dans leur tête-à-tête, la jolie scandinave avait un laisser-aller d'où semblait maintenant bannie cette espèce de froideur habituelle à sa race, laisser-aller qui ajoutait encore à ses charmes et à ses séductions : si le marquis n'eût déjà été amoureux, il le fût certainement devenu.

Les absences du comte étaient fréquentes. Presque continuellement à Tours, il s'occupait, avec l'architecte, de regler les dernières conditions de la reconstruction du château Slikoff.

Par une de ces soirées qui durent souvent amener en ce beau pays de Touraine les « ioyeusetey » que le grand Rabelais nous a si spirituellement et si drolatiquement contées, la comtesse et le marquis se promenaient, après dîner, dans le parc du château d'Alboise, et la jeune femme s'étonnait de la joie calme qui s'était emparée d'elle depuis son arrivée.

— A Paris, murmurait-elle, la seule pensée d'un court séjour à la campagne m'effrayait. Ici, tous mes préjugés s'envolent; il me semble que je vivrais volontiers toute l'année, ici-même, respirant cet air frais alors qu'il nous faut, là-bas, l'aller chercher au bois pour ne pas étouffer.

— Eh bien, comtesse, reprenait le marquis, je vous le disais et vous ne me croyiez pas! Combien je me félicite d'avoir insisté pour que vous vinssiez visiter le terre du Roc, aujourd'hui vôtre. Il n'y manque que le nid posé à côté des bosquets et des ombrages! Cet excellent M. Fourniol n'est pas le dernier à se féliciter de votre acquisition !

— Ne dites pas de mal du notaire. Grâce à lui, je me sens vivre. Eh! bien, je gagerais que ce brave M. Fourniol que vous raillez est enchanté de nous avoir attirés dans ce pays! Et vous, marquis?

Henri garda un instant le silence puis, après cette pause, il reprit :

— Quelle délicieuse promenade à cette heure-ci ! Gagnons la grande allée.

— Votre bras, marquis !

Ils marchèrent silencieusement comme s'ils avaient craint de troubler la quiétude du lieu.

Au bout de la grande allée, près d'un carrefour où les lapins avaient déjà commencé leurs gambades nocturnes, une voûte de verdure, sorte de dôme au dessus d'un banc de pierre recouvert de mousse et de lierre, invitait à la rêverie. Insensiblement, ils se dirigèrent vers le berceau feuillé d'où s'enfuit bruyamment une envolée de pierrots troublés dans leur premier sommeil. Les retombées des clématites caressaient la tête de la comtesse et emplissaient l'air de leur douce senteur.

— Qu'il fait bon vivre ici, murmura la jeune femme !

Henri se rapprocha.

— Oui, fit-il, près de vous !

Son regard rencontra le regard de la femme adorée dans lequel il crut voir un encouragement. Prenant la main d'Anna, il répéta :

— Oui, près de vous, bien près de vous !

— C'est la première fois que vous me parlez ainsi, dit-elle en essayant de retirer sa main.

Puis, avec un sourire dans lequel elle s'efforça de mettre une ironique indifférence :

— La campagne rend amoureux, sans doute ?

— Non, non, reprit vivement le marquis, non, la campagne ne m'a pas rendu amoureux, car je vous aime depuis longtemps... J'ai résisté, j'ai hésité à vous avouer mon amour. Quand vous me reprochiez

mon indifférence et que, parfois, mes visites devenaient rares, j'essayais de lutter, de me soustraire à
la fascination, à la passion qui s'emparait de tout
mon être... Aujourd'hui, le cœur l'emporte... ma raison s'égare, je ne suis plus maître de mon cœur qui
vous appartient bien tout entier... Je sens dans ma
tête des bourdonnements fous, et toujours votre nom
me monte du cœur aux lèvres... Anna... je vous aime !

Henri s'était laissé glisser aux genoux de la comtesse qui, muette et immobile et comme transportée
par ce flot de paroles amoureuses, écoutait, étonnée,
charmée, ravie. Jamais si suave et si enivrante mu-
sique n'avait bercé et aussi profondément troublé son
cœur. Elle écoutait, et le marquis, à ses genoux, lui
serrait fiévreusement les mains, les couvrant de chauds
et délirants baisers. Puis, donnant la liberté à ses
coquettes et fines prisonnières, il entoura la taille
souple et alanguie de la belle Russe qui, vaincue, éner-
vée, noua ses beaux bras autour du cou du jeune marquis. Leurs lèvres se rencontrèrent, un baiser, un long
baiser les unit et leurs cœurs se confondirent en un
même battement passionné.

Une gentille petite mésange à tête bleue, attardée
et suspendue à la grappe fleurie d'une glycine, s'en-
vola, poussant de petits cris comme pour appeler son
compagnon de nuit. Et le rossignol lança ses notes
claires et sonores qui sortaient en batteries trillées de
son gosier d'or, véritable chant d'amour célébrant des
amours nouvelles.

Les ruines du château du Roc disparurent bientôt

sous les efforts d'ouvriers, vandales par métier, se souciant fort peu d'abattre tant de souvenirs. Et lorsque, quelques semaines plus tard, la comtesse regagna Paris, elle avait posé la première pierre du « Château Slikoff. »

Elle reprit ses habitudes mondaines, multipliant ses fêtes avec un éclat inusité. Ses folies étonnaient. Que lui importait! Nicolas n'était-il pas là pour acquitter ses notes et satisfaire tous ses caprices? Elle n'avait jamais calculé et, moins encore qu'autrefois, il ne pouvait lui venir à l'idée que la fortune du comte — nouveau pactole — se pouvait jamais tarir. Aimant et aimée, elle était heureuse !

Comme transformée et réellement initiée à la vie, l'avenir s'annonçait pour elle ainsi qu'une jouissance sans fin.

IV

Depuis leur départ, la marquise d'Alboise et sa fille avaient constamment voyagé et, pendant deux ans, promené leur deuil et leur ennui en Suisse, en Espagne, en Italie et séjourné assez longtemps à Rome. La jeune fille, très intelligente, quelque peu romanesque, et dont l'imagination avait été surexcitée par les voyages, était devenue plus femme que ne le comportait son âge. Il est vrai que la nature ne l'avait pas traitée en marâtre et l'avait dotée d'apparences robustes et non trompeuses.

La marquise avait gâté cette enfant, son unique enfant comme elle le disait quelquefois, — car son fils était bien perdu pour elle — et sa faiblesse avait grandi avec les caprices d'Antoinette. Tout d'abord, elle avait essayé d'enrayer les élans de cette exubérante jeunesse se manifestant en des questions et des aperçus véritablement bien précoces. Elle aurait dé-

siré voir sa fille conserver plus longtemps les illusions,
l'ignorance même, ce divin apanage de l'enfance. Mal-
heureusement, elle était trop faible pour résister, non
plus à des désirs, mais à des volontés, et ces heurts de
chaque jour, de chaque minute, éprouvaient cruellement sa santé déjà chancelante.

Alors, ayant épuisé sa provision d'énergie, Mme d'Alboise capitulait et un bon baiser la récompensait de
ses lâchetés maternelles qui, bientôt, ne devaient plus
avoir de limites.

La marquise laissa sa fille faire son entrée dans le
monde, à seize ans ! Ce fut une folie. Et, au contact de
cette société interlope, cosmopolite, qui constitue le
principal élément du monde en voyage, Antoinette
parut bientôt ce qu'elle était réellement, jolie, mais
avant l'heure, indépendante par nature, altière, romanesque, absolue en tout ; elle donna libre cours à
ses instincts qui se révélèrent dans toute leur puissance. Tempérament ardent, passionné même, sa coquetterie ne s'effarouchait pas d'un mot osé, hardi,
prononcé par un jeune homme, et elle en riait follement.

La marquise, trop fière des succès de sa fille, n'a-
vait plus une seule parole de reproche pour elle ; par
excès de tendresse, elle l'admirait et Antoinette com-
mandait, ne connaissant pour guide de ses actions
que ses caprices ou ses volontés.

Dès leur retour en France, Mmes d'Alboise mirent
pied à terre dans leur appartement de la rue de Varennes. Il ne fut pas question d'aller en Touraine bien

que la marquise en eût l'intention car, fatiguée de la
vie vagabonde qu'elle menait depuis tantôt deux ans,
elle se fût volontiers reposée à Alboise. Mais Antoinette ne l'entendait pas ainsi. Aller se cloîtrer là-bas?
Oh non! Il lui fallait le monde, maintenant, avec tout
son faux étalage de plaisirs et de joies, avec ses convenances et ses relations, et elle n'eut pas un souvenir
pour ce château qu'elle avait laissé encore tout triste
et comme en deuil de la mort du marquis, ce père qui
l'avait choyée à l'excès. A son âge, cela était excu-
sable.

Bien qu'habitant Paris, en même temps que sa mère
et sa sœur, le jeune marquis vivait séparément. De
rares visites les réunissaient et, bien rarement aussi,
ils se rencontraient dans les mêmes réunions. Fidèle
à la mémoire de son mari et aux traditions de famille, Mme d'Alboise n'en était qu'aux salons du noble
faubourg tandis que son fils, plus sceptique ou mieux
avisé, hantait indifféremment ceux où l'on s'amusait
davantage. Sa vie, du reste, était si en dehors, si à
côté, que ses apparitions dans la haute société étaient
comptées. Chacun menait la vie selon ses goûts, ses
habitudes et ses aspirations.

N'ayant point changé sa manière d'être avec le
comte, Henri lui tenait compagnie dans ses plaisirs
plutôt qu'il ne les partageait. La belle Anna le possédait tout entier, et il ne se demandait pas comment,
par un phénomène incompréhensible pour tout autre,
il pouvait être fidèle à une femme, lui dont on avait
compté les maîtresses et qui n'en avait qu'une seule,

maintenant, sans songer à en posséder une nouvelle !
Aussi incroyable que cela pût paraître, cela était.

Ses relations avec Nicolas, toutes de garçons et de
viveurs, l'avaient sans cesse éloigné de parler de sa
famille avec laquelle, cependant, les Slikoff devaient
finir par se rencontrer. La campagne serait un prétexte tout naturel.

Le château Slikoff s'était rapidement élevé sur
l'emplacement même des ruines du Roc, et dominant
toute la plaine, il semblait planté là comme un gar-
dien vigilant à qui rien ne doit échapper. L'entrée principale attenait à la route, une route peu fréquentée.
La vue était bornée de ce côté-là et se perdait sous les
massifs ombreux d'une futaie dont les hautes branches
s'entremêlaient pour faire une seconde voûte de verdure percée à grand'peine par le soleil dont les rayons
affaiblis arrivaient, tamisés, jusqu'aux charmilles. Là,
on était chez soi, loin des regards curieux et indiscrets.

Sur la Loire, grâce à un travail gigantesque, une
large terrasse s'étageait, taillée dans le rocher. La vue
n'avait que l'horizon pour limite. Me Fourniol, ébahi
d'une aussi complète métamorphose,

Prenait l'horizon pour les bornes du monde.

lorsque, du haut du balcon sur lequel ouvraient les
grandes portes-fenêtres de la chambre de la belle comtesse, il laissait son œil se perdre dans la plaine immense, découvrant, là-bas, Tours inondée de soleil et
sa cathédrale dentelée.

Tout à côté, à gauche, des sentiers dévalaient vers
le fleuve, serpentant autour de grottes profondes dont
les stalactites aux formes bizarres et multiples ressemblaient à des piques, armes sauvages et primitives
destinées à en défendre l'accès. Sur les pentes ra-
pides et coupées du versant, de gros chênes verts et
des arbres tordus, rabougris, courbés par les dents
des rochers. Une source jaillissait, divisée aussitôt par
des canaux nombreux aboutissant à un bassin d'où
l'eau retombait en cascades bruyantes dans un autre
bassin plus grand et naturel creusé par le temps dans
le roc. Et ces gerbes blanches et mousseuses emplissaient l'air de leur bruissement sourd et continu,
épandant tout autour comme une espèce de pluie im-
perceptible donnant la vie et la fraîcheur à un gazon
toujours vert. Coin délicieux qui aurait pu servir de
cadre à un tableau d'Henner !

Le château n'était point achevé, mais il était habitable, ainsi que l'avait solennellement promis l'architecte. L'extérieur était simple et sévère et le gros
œuvre terminé. Seules, les sculptures attendaient. A
l'intérieur, tout s'annonçait grandiose, mais tout,
aussi, trahissait la précipitation.

Le vestibule, dallé en marbre blanc, était spacieux.
Deux escaliers, très larges, également en marbre
blanc, montaient le long de huit colonnes de marbre
rouge soutenant un pont élevé dont les caissons récla-
maient le pinceau des artistes habiles qui le devaient
décorer. Ces deux escaliers se réunissaient au premier
étage, en face de ce pont qui reliait les deux parties

du château : celle de droite pour les Slikoff, celle de gauche pour les invités. Là s'arrêtait ce luxe marmoréen. Plus tard l'on continuerait.

Quelques appartements, modestement meublés, étaient à peine confortables. Cela n'était pas définitif, et dans ce provisoire, le rez-de-chaussée avait été particulièrement soigné. C'était là qu'on devait vivre le plus. La salle à manger, pièce immense aux panneaux en chêne sculpté, avait vue sur la Loire et la plaine.

Elle était belle, cette salle à manger, avec ses bahuts vieux style à dressoirs et à colonnes torses ! Il ne manquait plus, maintenant, qu'une joyeuse et nombreuse société pour animer ce château dont la solitude n'était plus troublée par les bruyantes chansons des ouvriers.

Elle allait bientôt arriver, cette société, car, à Paris, on poussait activement les préparatifs de départ pour gagner la Touraine où déjà les dames d'Alboise s'étaient rendues. La marquise et sa fille avaient des projets modestes, la marquise surtout. Elles ne connaissaient pas les Slikoff dont le voisinage leur importait peu. Elles rendraient la visite que leur feraient les nouveaux propriétaires de la terre du Roc et leurs relations en resteraient là, très probablement. Mais, dans le pays, on n'envisageait pas avec tant de calme la venue de ces nababs du Nord, sujet de toutes les conversations.

— Savez-vous, madame la marquise, avait dit le premier jour Jacques, le vieux jardinier, immeuble par destination, savez-vous qu'ils viennent habiter le château Slikoff ?

— Château Slikoff? répéta Mme d'Alboise essayant de rappeler ses souvenirs.

— Oui, oui, madame la marquise, le nouveau château bâti au Roc sur le bord de la Loire à la place de l'ancien... Oui, oui, et on appelle ça le château Slikoff ! Ah ! si M. le marquis vivait ! Il ne seriont point content, lui qui prisait tant les ruines du Roc !

Et la marquise apprit de son jardinier comment la vente s'était effectuée et pourquoi le nouveau château portait le nom de Slikoff. C'était le notaire, M. Fourniol, qui avait eu cette idée et qui avait passé l'acte.

— Même qu'il était bien content, ajoutait le père Jacques.

Mme d'Alboise étant fort peu satisfaite de la conduite de son fils qui après avoir installé les Slikoff chez elle en avait parlé comme on parle, par hasard, d'étrangers qu'on ne doit plus revoir. Elle se promit de lui en témoigner son mécontentement lorsqu'il viendrait. Et Henri arriva bientôt à Alboise, précédant ses amis de quelques jours seulement. Sa mère l'interrogea. Aux questions qu'elle lui posa, il répondit simplement, naturellement. M° Fourniol l'avait prié de chercher un acquéreur pour le Roc ; il l'avait trouvé. Quant aux Slikoff, il les avait rencontrés à Paris à l'ambassade de Russie et dans le monde et, autant pour rendre service au notaire que par désœuvrement, il les avait accompagnés. Voilà tout.

— Je vous présenterai nos voisins, charmantes gens

4

bien capables de jeter quelque gaieté ici. Mais, ma mère, pouvais-je vous les présenter plus tôt ? Quand ils sont venus, vous étiez avec Antoinette en Suisse, en Espagne, en Italie, où sais-je encore ?

La marquise n'insista pas davantage. Elle avait tort de se plaindre, cela était évident, et n'avait plus qu'à attendre.

Dès leur arrivée, les Slikoff lui firent visite ; cet empressement rachetait bien des torts.

Le comte n'avait jamais rencontré Mlle d'Alboise à Paris, depuis son retour ; il fut frappé de son éclatante beauté.

Une vague et confuse ressemblance lui revint cependant en mémoire. Durant un voyage en Italie, il avait vu une jolie enfant sur le bateau de Civita-Vecchia, dans une situation telle, qu'il ne put réprimer un sourire à cette pensée.

A la campagne, les visites, même celles dites de cérémonie, sont longues, et la conversation prend un certain tour d'intimité qu'on ne trouve que bien rarement à la ville. Mais là, au château d'Alboise, la situation était toute particulière. Les Slikoff en avaient été les hôtes pendant plusieurs semaines et, n'étaient la marquise et sa fille, tous étaient en véritable pays de connaissance — selon le dicton.

Nicolas, lui, cherchait dans ses souvenirs ; une idée fixe le poursuivait. Il parla voyages, nommant Civita-Vecchia, observant Mlle d'Alboise. Sous ce regard, Antoinette rougit et la marquise changea brusquement la conversation.

— Plus de doute, pensa le comte c'est bien elle, mais comme l'enfant a changé !

Elle avait changé, en effet, l'enfant.

Antoinette avait à peine quatorze ans, l'âge ingrat pour une jeune fille, lorsque, se rendant en Italie avec sa mère, elle fit la traversée de Marseille à Civita. La journée était belle. Le soleil, au milieu de sa course, dorait les vagues moutonnantes de la Méditerranée et le bateau filait rapidement. Les passagers étaient sur le pont. On eût dit que la brise apportait un souffle de gaieté comme pour chasser la tristesse que la marquise et sa fille emportaient d'Alboise.

Ravie et émue de ce spectacle nouveau pour elle, Antoinette regardait, appuyée sur les bastingages, respirant librement, avec bonheur, l'air qui montait du large. Bientôt, le vent devenu trop violent chassa les curieux du pont. La marquise était rentrée dans sa cabine, mais sa fille, comme fascinée, restait là, immobile. Déjà son chapeau avait roulé sur le pont presque désert. Un matelot, vieux loup de mer, avait crié : accrochez-vous !

La petite curieuse s'était cramponnée et le vent, impuissant à lui faire lâcher prise, mais parfaitement indiscret, avait soulevé la robe de l'enfant. Violemment secouée, Antoinette s'inquiétait fort peu de savoir si le pont était désert ou non. Elle avait résisté à la rafale, tant pis pour les curieux ! Ses cheveux dénoués tombaient sur ses épaules et son joli visage, subitement coloré, s'encadrait merveilleusement en cette abondante chevelure aile de corbeau.

On avait ri de l'aventure ; l'héroïne étant une enfant, on n'en parla plus.

Le comte en avait cependant conservé le souvenir et il comparait, maintenant, la petite fille d'autrefois avec la jeune fille d'aujourd'hui, et tout bas, il murmurait : comme elle a changé !

Mlle d'Alboise avait dix-sept ans et, depuis l'aventure du paquebot, la nature avait amplement tenu ses promesses. Elle avait grandi. Ses formes un peu boulottes s'étaient amincies ; son teint était plus délicat tout en conservant son éclat et son velouté de pêche. Sa petite bouche aux lèvres rouges laissait voir des dents éclatantes de blancheur. Avec ses grands yeux foncés, brillants et hardis, ses opulents cheveux noirs, Antoinette représentait le type méridional et formait un contraste complet et charmant avec la beauté blonde et plus fine de la belle Russe.

Cette créature presque parfaite que, dans ses souvenirs, il voyait disparaître dans une envolée furieuse du vent montant de la mer et qu'il retrouvait maintenant femme, avait profondément troublé le comte Slikoff. Tout autre était le malaise de Mlle d'Alboise, fort confuse de se trouver en présence d'un témoin de l'incident qui avait marqué sa traversée. Mais ces souvenirs d'antan devaient disparaître aussi vite qu'ils étaient venus et n'apporter aucune gêne, aucune contrainte, dans l'intimité qui allait naître entre les chatelains d'Alboise et de Slikoff.

Les fêtes commencèrent au château Slikoff et s'y succédèrent sans interruption. On y menait une vie vraiment bien agitée. Et la comtesse Anna, la belle comtesse, ainsi qu'on l'appelait, avait tout de suite conquis l'affection des gens du pays. Ses prodigalités, ses excentricités étaient grandes, mais on mettait tout cela sur le compte des mœurs, des usages et des habitudes russes, et chacun était enchanté d'être invité au château.

On jetait littéralement l'argent par les fenêtres de l'hôtel de France, à Tours, les jours de courses. Jamais étrangers n'avaient semé autant d'or et récolté tant de sympathie. Si, dans la société, les femmes des hauts fonctionnaires jalousaient la comtesse, la population ouvrière l'adorait, car sa générosité était sans bornes. Jamais une demande de secours n'était faite en vain, qu'elle émanât d'un particulier ou d'une société. Cette générosité ressemblait-elle à une prodigalité excessive? On l'excusait, puisque sa fortune était si considérable et que tous en profitaient. Puis, ces largesses n'étaient jamais faites par gloriole ou pour éclabousser les autres.

Un dimanche, entre deux courses, un ancien soldat d'Inkermann et de Malakoff, Rampinsolle, décrotteur-commissionnaire de son état et coureur ce jour-là, parcourut la piste de l'hippodrome en quelques minutes — environ deux mille mètres. La médaille militaire brillait sur sa poitrine, attachée à un costume assez semblable à celui d'un zouave. Rampinsolle fit la quête.

La comtesse lui dit :

— Il me semble que vous avez laissé tomber une

médaille, pendant votre course. Tout à l'heure il y en
avait deux, ici.

Et la jolie Russe, avançant la main, soulevait la médaille militaire. L'ancien soldat se troubla.

— C'est que, balbutia-t-il, la médaille... la médaille...
me déplaît... elle vient des Anglais que je déteste!...

La comtesse avait compris et n'insista pas. Puis elle
mit simplement, naturellement, un billet de banque,
plié en quatre, dans la casquette du coureur. Il était de
mille francs.

— Jusqu'aux décrotteurs qui sont galants, en France,
dit-elle en se penchant vers le marquis. C'est gentil
d'avoir retiré la médaille de Crimée !

Elle aimait surtout à faire ce que le marquis appelait :
« la pluie d'or, » jetant en l'air des poignées de louis
et de pièces. Les disputes et les bousculades l'amu-
saient. Alors elle se tournait vers ses compagnons,
disant avec un adorable sourire de contentement :

— Avez-vous vu ce petit comme il s'est mouillé ?

Et la belle Anna riait aux larmes.

Ces enfantillages coûteux ne lui suscitaient pas
d'ennemis, mais le luxe de ses toilettes et de ses écuries
amena des catastrophes. Des rivales en beauté tentaient
la lutte, ruinant leurs maris. La femme du receveur-
général, une coquette mère de grands garçons qu'elle
faisait passer pour ses frères, avait en quelques
mois dépensé « cent vingt mille francs » chez ses
couturières et chez son marchand de chevaux. Le rece-
veur-général changea de résidence; bientôt il déposait
son bilan. Les folies de sa femme l'avaient ruiné.

On arrivait par séries ininterrompues au château Slikoff. Les concerts se multipliaient dans lesquels on applaudissait les artistes d'un immense talent. Quant aux paysans des environs, la comtesse était pour eux la bonne fée, envoyée tout exprès pour enrichir tout le monde. Le comte laissait faire, on parlait peu de lui.

C'était le prince soldant !

Le marquis avait entraîné sa sœur dans ce tourbillon de joies, de plaisir et de fêtes. La marquise en gémissait, mais le torrent était déchaîné et elle était bien impuissante à l'endiguer. Non que ces amusements bruyants l'épouvantassent outre mesure, mais elle avait remarqué les assiduités du comte auprès d'Antoinette et constaté que sa fille, par coquetterie ou complaisance, ne le repoussait pas. Voilà surtout ce qui faisait trembler la pauvre mère, seule, sans appui, car elle ne pouvait compter sur son fils.

Peu perspicace, son instinct de mère l'avertissait pourtant du danger. Elle risqua quelques observations qui furent mal prises et Henri, en cette circonstance, ne lui prêta pas le concours qu'elle était en droit d'attendre de lui. C'est que Anna et Antoinette étaient devenues intimes et que la retraite de sa sœur pouvait contrarier sa vie !

La Touraine, pendant plusieurs mois, fut en révolution. Une mine d'or semblait avoir été découverte au Roc dans les ruines que remplaçait le château Slikoff. Lancés dans la voie des plaisirs à outrance, il eût été difficile de s'arrêter pour jeter un regard en arrière et remonter la pente descendue.

Il n'y fallait plus songer.

— Mère, dit un soir Antoinette, nous allons en Russie, n'est-ce pas ?

La marquise, stupéfiée, regarda sa fille, se rappelant le « je m'ennuie » qu'Antoinette avait prononcé quelques années auparavant, dans ce même salon, presque à la même place. Les circonstances étaient bien différentes. Elle avait offert à sa fille de voyager pour la distraire et lui faire oublier la mort de son père ; aujourd'hui elle voulait s'opposer à un voyage dont elle redoutait les entraînements et les dangers. Inquiète, soucieuse, elle allait répondre lorsque, ne lui en donnant pas le temps, Antoinette s'écria gaiement :

— Oh, tu sais, tu t'y amuseras... Nous y allons tous... Henri... la comtesse... le comte... toi... moi... Voyons, petite mère, ne dis pas non, je t'en supplie ? Tu n'as pas vu la Russie et jamais une aussi belle occasion ne se représentera.

— Ce que tu demandes là n'est pas raisonnable, répliqua sèchement la marquise ; ainsi ne me parle plus de ce voyage.

Surprise du ton avec lequel sa mère lui avait répondu, Antoinette garda le silence. Quelques mois auparavant elle lui eût tenu tête et arraché violemment son consentement mais, aujourd'hui, un sentiment dont elle ne se rendait pas bien compte l'avertissait qu'il fallait ruser, loin de brusquer les choses. Et Mme d'Alboise, qui avait été vive pour éviter la lutte, espéra avoir atteint son but, bien que la soumission de sa fille l'eût beaucoup étonnée

Ce soir-là, la jeune fille ne manifesta aucune mauvaise humeur, mais les jours suivants elle fut triste, sans se plaindre. La marquise comprenait bien qu'en interrogeant Antoinette c'était rouvrir la discussion et parler d'un sujet qu'elle voulait écarter. Cependant cette situation ne pouvait se prolonger indéfiniment. La conversation se réduisait à quelques monosyllabes échangés entre elles, et le séjour d'Alboise, pas très gai déjà, devenait insupportable.

La marquise capitula et, bientôt, tous partaient pour la Russie.

V.

On avait changé de pays. Le climat, les mœurs, les habitudes n'étaient plus les mêmes, mais on avait emmené avec soi l'amour, ce compagnon de tous les temps, de tous les peuples, ce compagnon qui dans son langage toujours imagé, vous montre des coteaux toujours verdoyants et ombragés alors que l'hiver a déshabillé les arbres, et des plaines riantes lorsque la neige s'y est répandue, les couvrant de son voile blanc. Et comme il réchauffe ce compagnon intime, même dans les steppes blanchis de la Russie !

Pétersbourg avec ses édifices superbes, la magnificence de ses quais, la régularité de ses larges rues, séduisit la marquise qui se pardonnait plus facilement sa faiblesse.

L'hôtel Slikoff, situé dans l'île de Nasili-Ostrow, était vaste et superbe. Maître Fourniol avait pensé commettre un trait de génie en proposant de donner au nouveau château du Roc le nom de Slikoff, et il n'avait fait que mettre en pratique une habitude russe que, du reste, il ignorait parfaitement.

Installée dans un coin de l'hôtel, Mme d'Alboise était librement chez elle. Sa fille occupait avec Mlle Catherine Suchet, son ancienne institutrice devenue sa dame de compagnie, l'autre coin de l'hôtel, en face. Un nombreux personnel domestique avait été mis à leur service.

L'installation terminée, bientôt commencèrent les fêtes où brillèrent également la comtesse Anna Slikoff et Mlle Antoinette d'Alboise. Ces deux femmes étaient bien réellement les deux reines de Saint-Pétersbourg, reines par la beauté et l'élégance. Et, cependant, combien peu se ressemblaient ces deux types de la perfection féminine !

La comtesse, blonde au teint mat, à la tournure élégante avec une certaine raideur distinguée ; Mlle d'Alboise très brune, le teint coloré, les allures vives, de tempérament vigoureux, n'avait pas la parfaite distinction de son amie, mais elle personnifiait la femme française.

Son succès fut grand dans l'aristocratie russe où déjà la comtesse était connue. A voir ces deux femmes en apparence si dissemblables, on soupçonnait dans leur cœur des élans enthousiastes, des bouillonnements passionnés ne pouvant être apaisés que par l'assouvissement du sentiment même qui les avait fait naître. Toutes deux, du reste, parfaitement heureuses.

Un grand bal eut lieu à la Cour auquel assistèrent les d'Alboise et les Slikoff. Antoinette, rayonnante de joie et de beauté, eut les honneurs de la réception. Deux fois, l'empereur se rapprocha de la jeune fille et causa avec elle. Le comte ne put cacher son mécontement. Sa femme s'en aperçut. Elle aussi jalousait les succès de son amie, mais n'en laissa rien paraître.

— Henri, dit-elle le lendemain au marquis, vous devez être satisfait de la galanterie de notre souverain, et Antoinette peut être fière d'avoir attiré l'attention du tzar !

Le marquis fixa la comtesse.

— Seriez-vous jalouse ? demanda-t-il simplement.

— Pas du tzar !

— Et de qui, alors ?

— Du comte !

— Quel enfantillage !

— Mais non. Si vous aviez remarqué son attitude lorsque l'Empereur était près de votre sœur, vous seriez probablement de mon avis.

— Non, reprit Henri presque avec sévérité, non ma chère Anna, je ne serais pas de votre avis.

Anna, étonnée, regarda son amant, et comprenant tout l'odieux d'une situation créee par sa jalousie, elle se mit à rire comme s'il se fût agi d'une plaisanterie. Puis elle tendit au marquis ses lèvres roses où vint se poser un baiser long et passionné.

La remarque faite au bal de la cour, remarque en apparence insignifiante, avait pris une sérieuse consistance dans l'esprit de la comtesse désormais mordue par la jalousie. Non pas une jalousie causée par affection pour son mari, mais une jalousie calculée, basée sur le dépit, contre une femme aussi belle qu'elle, qui l'éclipsait, lui ravissant une part de ses succès. Le doute ne lui suffisait plus ; elle voulait maintenant une certitude.

Certes, elle s'accommodait à merveille de l'abandon de son mari, abandon qu'elle avait naguère appelé de tous ses vœux et qu'elle désirait ardemment voir se continuer, mais elle eût préféré lui savoir une autre maîtresse qu'Antoinette, sa rivale en beauté.

Une nuit, elle entra dans la chambre du comte. Le lit était intact. On voyait cependant que Slikoff était venu dans son appartement. Une odeur âcre de cigarettes en témoignait.

— Irai-je les surprendre, pensa la comtesse !

Elle fit quelques pas vers la porte.

— Non, non, je n'irai pas... la situation serait trop tendue, le scandale inévitable... et je ne veux pas de scandale ! j'attendrai qu'il revienne.

S'arrêtant à cette décision, elle s'assit devant la table, sorte de table de travail surchargée de livres, de lettres et de journaux. Puis, ouvrant l'un des tiroirs :

— Ah ! j'en étais sûre !

Une miniature de Mlle d'Alboise lui avait arraché cette exclamation. Et, soudain, se calmant :

— Cela est-il suffisant, songea-t-elle ? Le marquis en avait aussi une de moi et, alors, il ne m'était rien !

J'attendrai !... Et si par hasard Nicolas était sorti avec Henri ? Je m'en assurerai.

Anna regagna sa chambre, bien décidée à aller trouver le marquis s'il ne venait pas. D'Alboise l'attendait chez elle, et l'attirant dans ses bras :

— Vilaine adorée qui me trompe avec son mari !

— Mon mari n'exige rien de moi, vous le savez bien, et je vous aime trop pour aller au-devant d'un sacrifice que le devoir ne ferait que rendre plus insupportable. Mais vous avez bien tardé, ce soir !

— Je suis resté avec le comte dans sa chambre où je l'ai laissé avec une furieuse envie de dormir. Vous avouerez que je ne pouvais lui demander de le quitter pour...

— J'avoue... fit la comtesse en souriant.

Elle était bien fixée, maintenant, et malgré le dépit que lui occasionnait la certitude des relations de son mari avec Antoinette, elle sut se dominer. Cette jalousie même ne fit qu'exciter ses sens et jamais, depuis leur liaison, elle n'avait été si tendre, si affectueuse et n'avait prodigué à son amant des caresses aussi passionnées. Henri pensa qu'elle avait à se faire pardonner sa visite à son mari alors que cet excès d'amour n'était que le contre-coup d'une jalousie naissante qui la rapprochait davantage de son amant pour le mieux posséder. Et cette femme, déjà follement éprise du jeune marquis, se laissa emporter par son tempérament de feu qu'elle avait dissimulé sous les dehors calmes de la froide femme du nord. C'est qu'elle n'avait plus à s'observer, affranchie mainte-

nant de toute retenue grâce au secret découvert, secret qui lui livrait Henri qu'elle aimait et dont elle voulait à tout prix conserver et augmenter l'affection.

La comtesse avait épousé Nicolas sans amour et la
grande liberté dont elle avait joui tout de suite n'avait
pas peu contribué à accroître sa froideur naturelle.
L'intimité de ce ménage avait été dès le début une
intimité toute de politesse et de convenances. Maintenant, celui qui avait éveillé son cœur était un de
ces élégants débauchés qui font du plaisir la seule loi
de leur existence et qui, pour satisfaire une passion,
ne se laissent pas effrayer par une situation, même
odieuse. Et Anna, toute à sa passion, était prête à
tomber dans la boue, à subir toutes les hontes et
toutes les humiliations !

Nicolas Slikoff n'avait peut-être pas témoigné à sa
femme tout l'empressement auquel celle-ci avait droit
de par sa jeunesse et sa beauté. Cœur sec, débauché
raffiné d'une froideur presque brutale, il était cependant accessible à de bons sentiments et souvent, pour
ne pas contrarier la comtesse, il lui avait accordé ce
que la raison lui faisait un devoir de refuser. On savait
sa générosité excessive et on en avait abusé. Naturellement brave, il était froidement chevaleresque et
cette étonnante possession de soi-même, dans des circonstances critiques, en avait fait un héros pour
Mlle d'Alboise et vaincu ses dernières résistances.

Ainsi, dans une chasse organisée en l'honneur des
d'Alboise, un ours grièvement blessé s'était dressé
furieux à quelques pas d'Antoinette et allait se précipiter

sur elle. Le comte vit le danger; sortant aussitôt de sa cachette, il marcha vers l'animal qui se ramassa sur lui-même prêt à fondre sur cet adversaire assez osé pour lui disputer une victime presque sans défense. Saisie de frayeur à la vue de l'ours, la jeune fille n'avait pas bougé, mais en apercevant le comte s'avancer résolument pour la défendre, elle poussa un cri et s'évanouit. Au même instant, un coup de feu retentit et l'ours, mortellement frappé au cœur, s'abattit dans la neige, aux pieds de Slikoff.

Ce que le comte venait de faire était tout simple, et il eut accompli cet acte en toute autre circonstance, alors même que les jours de Mlle d'Alboise n'eussent pas été en danger. Mais la jeune fille ne raisonnait pas de la sorte. Déjà, elle avait une vive sympathie pour Nicolas, sentiment indécis qui lui montrait son hôte comme un gentilhomme correct et poli auquel des relations quotidiennes, presque intimes, n'avaient pas fait perdre le respect qui lui était dû. A la suite de cet événement, l'admiration, l'enthousiasme étaient venus et le comte, devenu un héros, avait réalisé un rêve dès longtemps caressé.

VI

En quittant Pétersbourg les Slikoff regagnèrent leur terre de Touraine, laissant à Paris Mme d'Alboise et sa fille.

La marquise s'était laissé vivre en Russie au milieu des fêtes et des plaisirs. Trop faible pour être prévoyante, elle n'avait pas compris que grâce à la liberté dont jouit l'aristocratie russe, le comte et Antoinette s'étaient pu librement aimer. En Touraine, elle avait eu des craintes et des scrupules ; le qu'en dira-t-on avait pu être un épouvantail pour elle, mais là-bas, enivrée du succès de sa fille, elle n'avait plus songé à ses inquiétudes, prématurées autrefois, mais parfaitement justifiées aujourd'hui.

Combien, cependant, elle fut heureuse de se retrouver seule à Paris, dans un petit appartement, avec son Antoinette chérie, assez riche des succès cueillis à Pétersbourg pour pouvoir se reposer de la vie enfiévrée.

menée près d'un an! Elle eût volontiers respiré l'air de
la Touraine, mais c'eût été retomber dans les distractions à outrance avec le voisinage des Slikoff et,
maintenant, elle éprouvait une secrète joie de leur
éloignement. A Paris, sa fille serait bien à elle, à
elle seule, et elle escomptait sa tranquillité.

Quant à la comtesse, poursuivant son but sans que
rien l'en pût détourner, elle écrivait souvent. Ses
lettres, très affectueuses, paraissaient sincères. Pourquoi aurait-on douté de sa sincérité? Et elle priait
ses amies de hâter leur retour à Alboise.

Un matin, Antoinette entra dans la chambre de sa
mère :

— Je pars pour l'Allemagne, fit-elle d'un ton décidé.

La foudre venant à tomber dans la maison n'aurait
pas surpris davantage la marquise dont la voix tremblait en prononçant vivement, sèchement, ces mots :

— Tu es folle, ma fille!

— Non, mère, j'ai réfléchi.

— Comment? après l'année qui vient de s'écouler,
tu veux que nous nous remettions en route? ma santé
s'en va et...

— Je partirai seule avec Mlle Suchet.

— Mais ce n'est pas convenable...

— Mon départ est décidé... il est nécessaire... Oh!
ne m'interroge pas... Henri m'accompagnera, puis il
reviendra te prendre et, tous deux, vous irez à Alboise... Il m'en coûte de te quitter, mais j'ai soif de
voyage... à mon âge je puis rester seule!

— Ma fille ! cria Mme d'Alboise éperdue.

La pauvre marquise venait de recevoir un coup en plein cœur. Jamais sa fille n'avait exprimé sa volonté sur ce ton de commandement. Elle allait mettre en jeu son autorité maternelle si l'affection était impuissante, se demandant si c'était là le prix de vingt années de dévouement et d'aveugle tendresse, lorsqu'une pensée l'arrêta, tout à coup.

Quel mystère cachait donc ce départ brusque, précipité? Elle pensa l'avoir pénétré, la pauvre femme. Antoinette, sans cesse entourée des attentions et de l'admiration du comte Slikoff avait, peut-être, laissé prendre son cœur et, s'étant aperçue du péril, voulait se soustraire à une intimité dangereuse. Cela était certain; elle ne retournerait à Alboise que guérie et sûre de son cœur. Après ce voyage elle y pourrait revenir sans crainte ! Antoinette avait parlé sur un ton de commandement uniquement pour éviter des questions embarrassantes !

A mesure que ces réflexions passaient dans l'esprit de la marquise, elle ressentait comme un soulagement. Le péril existait à coup sûr, mais sa fille le voyait, le combattait; elle se disait qu'après la tristesse de la séparation, lorsque son enfant lui reviendrait guérie, elle serait heureuse, bien heureuse — et elle en arrivait à admirer son courage. Pauvre femme qui se laissait si doucement bercer par ses illusions qu'on l'eût tuée en lui montrant sa fille coupable, acceptant l'amour de Slikoff et s'éloignant pour cacher les conséquences de sa faute.

Antoinette était courageuse, oh ! bien courageuse !

Elle ne demanda pas à l'accompagner.

Mlle d'Alboise partit, non pour l'Allemagne, mais pour l'Italie dont le climat plus chaud devait lui être favorable en la situation où elle se trouvait. Elle emmenait Mlle Suchet autrefois son institutrice, puis sa dame de compagnie, actuellement sa confidente.

Tenu au courant de ce qui se passait, le comte craignait que la marquise ne s'opposât au départ de sa fille et ne s'aperçût de son état ; son trouble était extrême et il attendait, en proie à la plus poignante anxiété, la lettre dans laquelle Antoinette devait lui annoncer son départ. Il avait bien pensé à aller à Paris savoir les choses par lui même, mais il redoutait une scène ou des explications. Il attendit. La lettre avait été écrite, mais interceptée.

Depuis la nuit où elle avait trouvé vide le lit de son mari, la comtesse, bien que certaine des relations de Nicolas avec Mlle d'Alboise, cherchait des preuves contre lesquelles tout mensonge fût impuissant. Ces preuves lui tombèrent enfin entre les mains : elle possédait une lettre !

Un jour, le ménage Slikoff déjeunait en tête à tête. La table avait été poussée dans l'embrasure de l'une des larges et hautes fenêtres de la salle à manger du château.

La Loire coulait silencieuse dans son lit devenu trop grand, car le soleil ardent de juin y dardait depuis quinze jours ses rayons assoiffés. Dans la plaine, en face, des faneurs nettoyaient la prairie d'où montait une bonne odeur de foin séché. La comtesse était très gaie.

— Quel beau temps, dit-elle, j'ai hâte de revoir nos amies d'Alboise. Et vous, Nicolas ?

— Mais oui, répondit le comte, sans beaucoup d'enthousiasme.

— Antoinette surtout... N'est-ce pas ?

— Mlle d'Alboise est une personne fort agréable qui met la gaieté partout où elle est, et je crois que vous ne détestez pas sa société ?

— Moi, ce n'est pas la même chose ?

— Et pourquoi ?

La comtesse abandonna sa pose indolente et, se redressant en face de son mari, les yeux dans les yeux :

— Pourquoi ? répéta-t-elle d'une voix brève, pourquoi ?... mais parce ce que vous l'aimez !

— Anna, ces soupçons...

— Soupçons, soupçons !... reprit-elle dans un ricanement, eh bien !... et cela ?... soupçons n'est-ce pas ?

Et tirant de sa poche le portrait trouvé dans le tiroir de la chambre à coucher de Slikoff à Pétersbourg, elle le lui tendit :

— Ce n'est pas un soupçon cela, c'est la preuve d'une trahison !

— Non, répondit froidement le comte non, ce n'est pas une preuve.

A son tour, regardant sa femme :

— Monsieur le marquis d'Alboise, mon ami, a votre portrait dans sa chambre et je n'ai jamais songé à

vous faire une scène ridicule de jalousie et à me couper
la gorge avec lui pour cela !

Anna ne s'attendait pas à ce coup droit qu'elle aurait dû prévoir. Le calme de son mari la surprenait.
Après quelques instants d'hésitation, en femme qui
poursuit un résultat, elle riposta sèchement, avec irri-
tation :

— Et cette lettre, comte ?

— Un abus de confiance, sans doute !

Slikoff eut un sourire forcé :

— Eh ! chère amie, vous avez donc un arsenal dans
votre poche ?

— Cette lettre suffit ! Quand partez-vous rejoindre
cette beauté remarquée des Empereurs ? Allez, vous
arriverez à temps, peut-être, pour la naissance du bâ-
tard !... Écoutez :

« Mon cher Nicolas,

« Ma mère est avertie. Je pars aujourd'hui pour
l'Italie. La pauvre femme croit à un coup de tête de ma
part et ne se doute de rien. Venez me rejoindre le plus
tôt possible. Avec vous, près de vous, mes souffrances
ne seront rien et nous pourrons nous rappeler, sous le
beau ciel d'Italie, les nuits froides de la Russie où nous
fûmes si heureux.

« Je ne me trompe pas. Je porte en mon sein le fruit
de nos amours coupables mais bientôt légitimes, car
vous m'aimez et n'oublierez jamais vos serments. Vous
divorcerez avec la comtesse qui n'a pas su vous donner
d'enfant et alors, librement, sans contrainte, nous

nous aimerons comme nous nous aimions là-bas, et ce cher petit être portera votre nom. Le nom des Slikoff ne s'éteindra pas !

« Venez où vous savez, je ne puis vivre sans vous. Je vous aime. Je compte trouver une lettre de vous à... »

Mille et mille baisers,

ANTOINETTE.

Surexcitée, la comtesse avait lu tout d'un trait ainsi qu'un greffier lisant à un coupable sa condamnation. Mais elle avait stéréotypé les phrases.

Tout d'abord étonné, Slikoff, en présence d'une preuve aussi indéniable, avait promptement recouvré son aplomb et résolu de faire tête à l'orage.

— C'est tout ? demanda-t-il.

Hors d'elle même, Anna demeurait immobile, muette comme si les paroles se figeaient dans son gosier. Elle n'avait pas supposé son mari aussi fort ; son audace faiblissait, maintenant.

— Vous ne répondez pas ? Passons dans le petit salon, là, à coté, nous serons plus libres. Il ne faut pas que les domestiques nous entendent.

Il entra dans le salon. Pâle et tremblante, Anna attendait.

— Eh bien ? fit-il en se retournant.

Machinalement la comtesse se dirigea vers le salon. On eut dit une hypnotisée soumise à la volonté de son maître.

Mme Slikoff avait fait naître cette explication. Com-

ment s'en tirerait-elle? Elle aimait le marquis et le
marquis était nécessaire à l'exécution de ses plans. Ne
voyant que l'avenir, sans son mari, avec toute la
liberté d'une séparation et les plaisirs que procure
une grande fortune, elle n'avait pas réfléchi à cette
situation extraordinaire, double, odieuse, dans laquelle quatre personnes se trouvaient compromises
par sa légèreté. Mais une femme qui aime et est sûre
d'être aimée, pèse-t-elle dans son imagination en dé-
lire la valeur des moyens et des arguments à employer pour atteindre le but? Évidemment non. Et la
maîtresse du marquis d'Alboise n'avait aperçu que la
liberté comme résultat, au travers d'un prisme idéal.
En face de la réalité, elle demeurait effrayée de sa
témérité.

— Remettez-vous, comtesse, dit Slikoff presque
avec bonté. Réfléchissez à la situation qui nous est
faite à tous deux. Depuis longtemps déjà nous sommes
étrangers l'un à l'autre et, aujourd'hui, sous le même
toit, la vie est impossible. Vous avez découvert un
secret... ce secret m'impose des devoirs... j'ai eu des
torts envers vous, mais... vous-même, êtes-vous bien
sûre d'avoir été pour moi ce que vous auriez dû être
et n'avez-vous rien à vous reprocher? A Paris, vous
avez reçu qui bon vous semblait; ici, le marquis d'Alboise est votre intime ami... du reste il est le mien...
Ai-je jamais récriminé? Réfléchissez donc... Dans une
heure, je viendrai prendre votre réponse et connaître
votre décision!

— Nicolas! s'écria la comtesse.

Mais Nicolas était parti, coupant court à une explication dont il sortait victorieux malgré ses torts : il n'avait pas compris tout ce que le cri de : Nicolas! contenait d'humilité et de prières.

Seule, Anna qui avait été sur le point de demander grâce, d'implorer son pardon, de capituler après avoir elle-même donné le signal de l'attaque, se leva comme mue par un ressort. A l'espèce de prostration dans laquelle l'avaient prolongée le flegme et le sang-froid du comte, succéda une surexcitation violente. Le sang lui afflua au visage et son teint prit un éclat inaccoutumé.

Debout devant la grande glace du petit salon, les bras levés pour rattacher les tresses, dénouées de ses cheveux d'or, le soleil plaquait sur le mur la silhouette de son torse admirable. Elle était très belle ainsi et il semblait qu'avec le sentiment de sa beauté lui revînt le sentiment de sa puissance enchanteresse. Alors, plus calme, elle repassa dans sa mémoire les paroles de son mari.

La jeune femme s'étendit sur le canapé en face de la porte d'entrée. C'est là qu'elle attendrait l'ennemi, bien décidée à en triompher. Elle pensa :

— Il a été fort, lui, parce qu'il a conservé son sang-froid. Mais qu'y a-t-il donc de si terrible dans son langage, dans ses insinuations, dans ses accusations? Ses accusations? Il les a lui-même réduites à néant en avouant ses torts, en avouant qu'il avait été un étranger pour moi... j'étais jeune, jolie, cependant, et il me délaissait, me laissant toute liberté sans la

moindre jalousie! N'est-ce pas là une grave insulte
pour moi et aussi une excuse à ma conduite? Il a parlé
du marquis comme d'un ami ordinaire et il ne peut
ignorer qu'il est... j'ai craint une scène violente, j'ai
eu peur de perdre Henri, de l'éloigner de moi, et j'ai été
faible, je me suis trahie, j'ai été vaincue. Mais cette
situation même, tout odieuse qu'elle est, ne fait-elle
pas ma force? Nicolas peut-il rien contre moi ou
contre le marquis...? Un lien existe entre eux...

A cette idée, sa conscience se révolta, cependant :
elle cacha sa figure dans ses mains. Mais ce sentiment
honnête qui avait amené avec lui un mouvement ins-
tinctif de honte, fut éphémère. Puis, relevant la tête,
elle dit tout haut :

— Si je n'aimais autant Henri, comme je le mépri-
serais!

La porte du salon, ouverte avec des précautions in-
finies, avait été refermée avec soin et, grâce au tapis
qui avait amorti le bruit de ses pas, le visiteur était
arrivé jusqu'au canapé ou reposait Mme Slikoff. Il
s'agenouilla près d'elle.

Surprise, Anna se dressa :

— Ah! c'est vous Henri, fit-elle visiblement troublée?

— Vous rêviez, chère adorée, et en importun j'ai
rompu le charme de l'illusion!

Le marquis chercha à l'attirer dans ses bras. Elle
le repoussa, doucement :

— Quelle imprudence, Henri!... Je rêvais, dites-
vous? quel était mon rêve?

— Je n'ai pas compris, je le regrette, mais mon cœur battait si fort!

— Tant mieux, tant mieux. Ne regrettez rien, allez!

Déjà la comtesse oubliait tout auprès de l'être aimé et elle se serait laissé aller aux entraînements de son cœur si d'Alboise, étonné de sa surexcitation, ne l'avait rappelée à la réalité par ses questions.

— Ce que j'ai, répondit-elle avec animation, vous me demandez ce que j'ai! Je vous aime, Henri, et j'en deviens folle. Le comte m'a fait tout à l'heure une scène de jalousie... dans vingt minutes il sera ici, et de l'explication que nous allons avoir ensemble dépendra notre bonheur, à nous deux... Vous m'aimez vous?... je le sais et je le veux...

Et Anna, malgré elle, ne repoussait plus les caresses de son amant. Puis, tout à coup :

— Avez-vous vu Nicolas? Non, n'est-ce pas? Eh bien! repartez, ne le voyez pas aujourd'hui, fuyez-le, c'est plus prudent, plus sage... Oh! ne me questionnez pas davantage, je vous en conjure, mon Henri, demain je vous dirai tout...

Elle se rapprocha du marquis :

— Mais d'où venez-vous donc? Je craignais que vous ne m'aimassiez plus!

— Moi, ne plus vous aimer! Vous savez bien que je ne m'appartiens plus, que je suis à vous, bien à vous, à vous seule, que j'en mourrais si je vous perdais? Rien au monde ne me séparera de vous...

— Vrai, mon Henri? Oh! je vous aime, je t'aime... mais pars, évite-le, il ne faut pas qu'il te voie ici?

Et s'arrachant aux étreintes du marquis, elle courut à la porte.

— Adieu, à demain, à ce soir, peut-être !

Encore tout étourdi, Henri s'était retiré, docile comme un enfant.

— Dans dix minutes ! fit-elle en regardant la pendule.

Elle prit un livre dans la bibliothèque, et après un coup d'œil dans la glace pour réparer le désordre de sa toilette, elle reprit sur le canapé la pose qu'elle avait avant l'arrivée de d'Alboise.

Son amant l'aimait et il n'avait pas entendu les paroles qui pouvaient le blesser ! Que lui importait le reste ! Elle fit bien d'autres réflexions encore, trouvant sa conduite simple, naturelle, logique même. Elle s'était abaissée devant son mari, mais elle allait se relever de la hauteur de sa fierté humiliée, de son amour-propre atteint, devant cet homme qui se savait trompé et ne bondissait pas sous l'outrage fait à son honneur et à son nom.

Elle aurait voulu le voir, maintenant, pris d'un subit accès de jalousie, essayer de se faire pardonner, de reprendre le cœur qu'elle ne lui avait jamais donné mais que le mariage avait mis en son pouvoir, pour jouer à la femme offensée, délaissée, ajouter à sa victoire et faire naître en lui des regrets en présence d'une imminente séparation ! Mais il ne serait pas ainsi ; l'homme froid ne se révolterait pas. C'est lui qu'elle méprisait !

Quelques coups discrètement frappés annoncèrent

Slikoff. Il avait été d'une exactitude scrupuleuse. La comtesse tourna machinalement la tête et sans se déranger :

— Ah! c'est vous, dit-elle avec la plus parfaite indifférence. Tout à l'heure il m'avait semblé entendre quelqu'un entrer ici... j'ai cru que vous aviez devancé l'heure, m'étonnant de vous voir entrer sans frapper, car ne vous êtes jamais départi de cette précaution dans vos... rares visites.

— Le moment serait mal choisi pour commencer. Qu'avez-vous décidé ?

— En vérité, mon cher comte, on croirait à vous entendre que j'aie à vous solliciter. Il n'y a que quelques instants, j'ai pu être émotionnée devant la façon cynique avec laquelle vous reconnaissiez votre faute et preniez votre parti de l'insulte faite à votre femme et...

— Voyons, comtesse, une semblable explication ne saurait éternellement durer !

— Aussi bien n'ai-je qu'à attendre vos propositions que j'accepterai ou refuserai.

— Soit. Je vais parler puisque vous le désirez. Il est possible que les craintes de Mlle d'Alboise...

— Dites donc... d'Antoinette, tout court.

— ... de Mlle d'Alboise soient fondées et, alors, je n'ai pas le droit de me désintéresser d'une situation que j'ai faite. Nous ne pouvons plus vivre ensemble, séparons-nous sans bruit, chacun y gagnera... je vous assurerai une rente convenable, car il ne faut pas que la comtesse Slikoff, en fermant ses salons, donne prise aux mauvaises langues... L'hôtel de Paris et la terre du Roc vous appartiendront... vous serez absolument libre, un peu plus que par le passé si cela est possible...

Malgré ses énergiques résolutions la comtesse eut besoin de tout son calme, de toute la force de son caractère pour ne pas éclater. Elle avait souhaité son mari humble, doux, implorant son pardon ; maintenant elle l'eût désiré fier, hautain, pour l'humilier et profiter davantage de la victoire qu'elle s'était promise. Elle s'attendait à la lutte et elle ne rencontrait qu'un homme dont la froide politesse ne laissait aucune prise à la colère et semblait dicter des conditions comme s'il eût été l'offensé.

L'orgueilleuse Russe rongeait son frein. Mais complètement rassurée par la visite du marquis, sans crainte pour l'avenir, elle contint sa rage devant le flegme impassible de Slikoff. Et reprenant une à une ses phrases :

— C'est bien cela, fit-elle avec ironie, j'ai bien compris, n'est-ce pas? L'insulte, le cynisme, la lâcheté, tout y est ! Oh! si ce mot vous blesse, je le retire, car je ne saurais y attacher la moindre importance. C'est si naturel de se débarrasser d'une femme qui vous gêne en lui donnant une rente, un hôtel, une terre et toute sa liberté... Pourquoi, dans votre prévoyance, ne pas me chercher un amant?

Anna s'était arrêtée sur ce mot dont elle attendit l'effet produit sur le comte qui, visiblement, souffrait d'une explication trop prolongée. Mais il ne témoigna

aucune impatience, résolu à tout supporter pour en
finir promptement.

— Ainsi donc, vous décidez? interrogea-t-il de
nouveau. La séparation sans bruit ou la séparation
avec scandale?

— Sans bruit, ce sera plus digne. A propos, et la
rente, quel en sera le chiffre?

— Cent cinquante mille franc!

— C'est maigre!

Tout cela était dit sur un ton sec, ou ironique. La
comtesse se leva de son canapé, s'étira les bras,
bâillant d'ennui. Et fit quelques pas vers son mari et
lui tendant la main :

— Puisque le château du Roc m'appartient, vous
êtes mon hôte et pourrez l'habiter tant qu'il vous
plaira.

— Je n'abuserai pas de votre cordiale hospitalité,
car dès demain je partirai...

— Pour aller retrouver la mère de votre enfant...

— Libre de mes actions, je n'ai plus à répondre à
vos questions.

— A vos souhaits!

— Vous me rappellerez au souvenir du marquis si
je ne le revois pas avant mon départ...

— Oh! vous le reverrez!

Nicolas Slikoff quitta le salon, digne, correct jusqu'au bout.

VII

Du jour de l'explication commencée à table et terminée dans le petit salon, le comte et la comtesse Slikoff s'étaient séparés. Chacun avait repris sa liberté, ouvertement, mais sans scandale, et cette espèce de révolution de palais avait passé inaperçue dans le pays, assez habitué à voir seule la belle Russe pour n'en pas venir à s'occuper de l'absence du mari.

Au château, rien n'avait paru changé. A l'envers d'un mot fameux, il n'y avait qu'un mari de moins. Les domestiques eux-mêmes, cette engeance terrible toujours prête à inventer des nouvelles quand elles font défaut, n'avaient pu se douter de ce qui s'était passé. Il est vrai qu'ayant beaucoup plus affaire à la comtesse, M. Slikoff comptait fort peu — ou pas du tout — pour eux. Puis, on avait vu partir ensemble le comte et le marquis ; c'était plus qu'il n'en fallait pour dépister les soupçons des plus curieux.

Dans sa haine affinée, Anna avait tenu parole. Elle avait mis en présence le mari et l'amant, sachant qu'il ne pouvait rien résulter de cette rencontre entre deux hommes également bien élevés, également polis, également gentilshommes qui, s'étant trouvés face à face, en Russie, dans le même corridor au moment de se rendre chacun à leur coupable rendez-vous, étaient liés entre eux et avaient scellé de leur honte un marché tacite, odieux, infâme, qui les englobait dans le même mépris. Jamais ils ne se rencontreraient l'épée à la main.

Le mari cédait la place à l'amant dont il allait retrouver la sœur.

Nicolas ne manqua pas à ses engagements à l'égard de la comtesse. Sa fortune, cependant, était fort ébréchée par les dépenses folles de sa femme, dépenses auxquelles il n'avait pas voulu s'opposer. Mais en parfait gentilhomme qui quitte dignement une femme, il voulut paraître grand seigneur. Il savait qu'en l'état de ses ressources la réalisation de ses engagements le conduisait à une ruine certaine. Il ne calcula pas. Désormais il pouvait aimer librement Mlle d'Alboise; le reste lui importait peu.

Aussitôt après son départ du Roc il se rendit en Italie auprès d'Antoinette dont les craintes et les espérances étaient justifiées. Là, en attendant la naissance de l'enfant, Slikoff fut bon, affectueux, prévenant : son amour ne se démentit pas un seul instant. Il paraissait ne songer qu'à la femme aimée, qu'à ses devoirs envers elle et aucune arrière pensée n'altérait

6

ses sentiments. Mais on eût dit qu'à l'approche de l'événement, son humeur égale, d'habitude, devenait inquiète, et lorsque la petite fille vint au monde, il l'accueillit avec une froideur trop marquée.

Mlle d'Alboise en fut péniblement affectée. Elle se contint ne sachant à quoi attribuer ce changement aussi subit. De nouveaux devoirs commençaient pour cette jeune mère qui puisait dans son amour maternel assez de force et d'énergie pour ne pas permettre à son amour de jeune fille de paraître blessé. L'attitude du comte l'humiliait, mais il fallait se réserver l'avenir et un jour viendrait sans doute où elle pourrait s'en expliquer avec lui.

En face de la réalité, Slikoff se prit à réfléchir. Il avait beaucoup aimé et il aimait encore Antoinette, mais la situation était changée. Il avait promis le mariage à Mlle d'Alboise, mariage que le divorce, autorisé en Russie, rendait possible, mais comment la comtesse accepterait-elle une pareille proposition? Leur séparation s'était accomplie sans bruit, de leur consentement mutuel, cela était vrai, mais, maintenant, le divorce serait-il obtenu sans scandale et sa situation à Pétersbourg n'en serait elle pas atteinte?

Ces préoccupations assombrissaient l'esprit du comte et avaient suffisamment agi pour modifier sa manière d'être et faire douter de lui. Sa responsabilité l'effrayait.

Une année s'écoula.

Mme d'Alboise, ainsi qu'il arrive toujours pour les plus intéressés, ignorait les scènes de Touraine, n'ayant

pas quitté Paris où elle attendait le retour de sa fille.
La santé de la pauvre vieille mère s'affaiblissait chaque
jour; elle rappelait son Antoinette craignant de ne
plus jamais la revoir. Et Antoinette qui n'avait pu
cacher longtemps son séjour en Italie, recevait bien
les lettres, mais ne répondait pas ou éludait la question. La marquise se désolait. Elle aurait voulu, avant
de mourir, marier sa fille. C'était là son unique, sa
constante préoccupation. La pensée de laisser sa fille
seule au monde, sans soutien, sans appui, lui était
insupportable. Elle savait qu'Antoinette ne devait pas
compter sur son frère ; il fallait donc la confier à un
époux. Mais comment traiter une semblable question
avec une jeune personne aussi volontaire, aussi romanesque, aussi extraordinaire? Elle n'osait, se contentant dans les longues et tendres lettres à sa fille,
de faire de timides et trop discrètes allusions qu'on
feignait de ne pas comprendre.

Un jour, cependant, un fait se produisit — sur lequel, dans sa pensée intime, elle tablait parfois l'a-
venir de sa fille — qui détermina la marquise à se
prononcer ouvertement. M. Fourniol lui écrivit une
longue lettre pour demander, bien timidement, avec
force réticences, la main de Mlle d'Alboise pour son
fils Fernand. Le notaire savait la jeune fille absente,
en Italie chez une parente — on le lui avait dit — et
il priait la marquise de lui transmettre la demande si
son séjour là-bas devait se prolonger.

Fernand Fourniol venait d'être reçu docteur en
droit après avoir brillamment soutenu sa thèse.

C'était un grand garçon de vingt-six ans. Enfant, il avait joué avec Antoinette à Alboise et avait conservé pour elle une vive amitié qui plus tard devait se changer en un amour sincère.

Nature très droite, il avait gardé au fond du cœur une affection contre laquelle il avait, mais en vain, essayé de lutter sans jamais tenter d'en faire l'aveu à Mlle d'Alboise. Certes, grâce aux relations qu'il entretenait avec la famille, il aurait pu aisément se déclarer et apprendre de la jeune fille même si ses sentiments était partagés. Il ne l'avait pas fait. Antoinette était bien jeune encore et il avait attendu que sa position à lui se dessinât. Un clerc de notaire pouvait-il séduire l'héritière d'un grand nom? Il ne le pensait pas et il avait trop attendu.

Lorsque, au retour de la marquise et de sa fille, il avait vu Mlle d'Alboise devenue tout à fait jeune fille se mêler à la société interlope qui fréquentait le château des Slikoff, il en avait éprouvé un réel chagrin. Non qu'il eût pensé un seul instant qu'Antoinette se pût mal conduire, les assiduités du comte le laissant bien calme. Ce qui l'effrayait par dessus tout c'était l'intimité de la comtesse dont il n'ignorait pas la liaison avec Henri qu'il connaissait beaucoup, qui était presque son ami, étant à peu près du même âge, mais dont la conduite le révoltait. Et son cœur était empli de dégoût en face de cette odieuse promiscuité que coudoyait celle qu'il aimait.

Que faire, cependant? Il prenait part lui aussi, à ces fêtes continuelles qui dégénéraient quelquefois en

orgies ; mais ce n'était pas sans faire violence à ses
habitudes, à ses goûts, à sa conscience. Lui si simple,
si sérieux, si plein de délicate tendresse, il fallait pour
se mêler à un monde pareil qu'il fût pris d'une affection bien grande pour Antoinette. Rougissant de sa
faiblesse, il la justifiait en se disant que sa présence
à ces fêtes protégeait peut-être celle dont il espérait
faire sa femme.

Combien il souffrait, le pauvre Fernand, et comme
il se sentait atteint dans l'honnêteté de ses sentiments !
Il eût fait tout pour enlever Mlle d'Alboise à cette vie de
plaisirs à outrance, pour l'éloigner de ce milieu qui ne
pouvait qu'avoir une influence funeste sur elle et lui
donner des goûts qu'elle ne pourrait satisfaire plus
tard, quel que fût d'ailleurs le mari qu'elle épousât. Il
entrevoyait un grand danger pour ses rêves d'amour
car cette existence, si contraire à nos mœurs françaises où l'intimité du foyer prend une grande place,
devait faire disparaître une à une ses chances de
succès en admettant que son amour pût être partagé.

Alors, dans ses conversations avec la marquise dont
il avait su gagner la confiance, ces craintes se faisaient
jour. Sur ce terrain-là ils étaient bien près de s'entendre, la pauvre mère ne cachant pas son opinion à
cet égard. Et l'entretien se prolongeait entre ces deux
êtres poursuivant le même but : le mariage d'Antoinette.

Fernand connaissait bien la marquise. Il la savait
désireuse de marier sa fille et il flattait sa douce ma-

nie. Mme d'Alboise avait un culte pour Lamartine et
lui même accordait au poète un surcroît d'admiration.
Il entrait ainsi dans ses bonnes grâces, s'efforçait de
faire disparaître les derniers scrupules à l'endroit de
son origine roturière. Et il comptait sur son adhésion.

Son père, Me Fourniol, avait essayé de le détourner
d'un pareil projet, mais en vain, et l'absence avait
encore avivé son amour. Et le notaire avait fait la demande en mariage pour son fils. Cette demande fut
bien accueillie par Mme d'Alboise qui avait un prétexte pour traiter une question lui tenant fort à cœur.
Puis la marquise avait une certaine affection pour
Fernand qui avait su comprendre ses angoisses. Il
était riche, intelligent, instruit, et pourrait embrasser
la carrière qu'on voudrait bien lui indiquer. Il n'était
pas noble, mais il serait un excellent mari, condition
appréciable qui calmerait bien des appréhensions,
bien des inquiétudes.

La marquise résolut de consulter sa fille. Elle esti-
mait Fernand, toute disposée à l'aimer d'autant plus
que la démarche faite en son nom prouvait une affection sérieuse et déjà ancienne pour Antoinette qu'il
n'avait pas vue depuis avant son voyage de Russie. Ce
devait être là une garantie. Elle écrivit.

La demande de Me Fourniol se produisait en un
singulier moment. Antoinette en fut profondément
irritée. La pauvre Mme d'Alboise n'en pouvait mais et
cependant sa fille lui en voulait absolument, comme si
on lui proposait un mariage pour effacer la tache faite
au nom des d'Alboise et, en quelque sorte, légitimer

la faute. Ce n'était là qu'une coïncidence. Mais déjà
aigrie par l'attitude équivoque du comte, la jeune
mère ne put dissimuler son mécontentement. Slikoff
s'en aperçut :

— Vous paraissez contrariée, Antoinette?

— Une lettre de ma mère...

— Qui vous rappelle à Paris?

— Oui et non !

— Ce n'est pas là une réponse. Depuis plusieurs
jours vous êtes inquiète et me cachez quelque chose.

— Mon Dieu oui, je suis inquiète ! Mais vous-même
n'avez-vous pas changé à mon égard? Ce n'est pas cependant la seule cause de mon ennui...

— Eh ! bien ! un peu de franchise. La comtesse aurait-
elle raconté à votre mère ?... Ce serait une infamie !

Nicolas s'était rapproché d'elle.

— Eh bien, oui ! reprit-elle, puisque vous le voulez,
causons franchement de notre situation. Ma mère me
propose un mariage et me demande une réponse pour
la transmettre à M. Fernand Fourniol que vous connaissez... Pensez-vous que cette proposition ne soit
pas de nature à me troubler? Je savais depuis longtemps que le fils du notaire de Tours m'aimait... je
n'ai jamais encouragé son amour, mais est-on maître
de son cœur? Non, n'est-ce pas? Et il a persévéré.
Aujourd'hui, il m'offre son nom, sa fortune, son cœur,
la tranquillité, à moi qu'il sait originale, romanesque,
fantasque, volontaire, mais qu'il croit sage, honnête,
à moi une fille-mère maintenant !... Que puis-je répondre? Que je ne veux pas me marier avec lui parce

que j'en aime un autre... parce que je suis mère et
que je ne puis tromper aussi effrontément un homme
qui m'aime depuis son enfance ? Mais à Paris, que
dirai-je à la marquise, à cette pauvre vieille mère qui
s'est toujours sacrifiée pour moi, pour laquelle mes
caprices étaient une loi et dont la tendresse exagérée
n'a pas su me protéger ? Enfin que dirai-je lorsqu'elle
me suppliera de lui donner cette suprême consolation
avant sa mort, de me marier pour n'être plus seule
après elle ? Ici, je puis écrire ou même ne pas répondre, je puis mentir, affirmer que sa lettre ne m'est
pas parvenue... mais là-bas, près d'elle ?... car il va
falloir retourner à Paris...

Le comte écoutait silencieux.

Il interrompit :

— Restons ici !

— Cela n'est pas possible. La santé de ma mère
s'affaiblit et je sais qu'un malheur est à redouter...
j'ai pu, par les chagrins que je lui ai causés, hâter la
fin de cette malheureuse femme, mais je veux être
auprès d'elle pour lui fermer les yeux... Et puis elle
m'annonce qu'elle se mettra en route pour venir ici avec
Fernand... Comme je comprends, maintenant, ce qu'elle
a dû souffrir, car je suis mère aussi, et cette pauvre
chétive créature qui dort là, dans son berceau, je la
disputerais à qui tenterait de me l'enlever, comme une
lionne défend ses petits contre une bande de ravisseurs,
comme une perdrix se donne en chasse et se fait tuer
pour sauver sa couvée... Je suis à peu près remise, je
vais rentrer à Paris et vous confier Zizi pendant

quelques jours, jusqu'à ce que j'aie trouvé un appartement près de moi pour l'y installer...

Elle eût parlé longtemps ainsi si le comte, surpris,
embarrassé, n'avait arrêté ce flot de paroles.

— Ma chère Antoinette, reprit-il, écoutez-moi. Je
comprends vos préoccupations, elles sont légitimes et
croyez que je songe déjà à l'avenir de votre enfant qui
ne sera pas malheureux. Tant que Zizi n'était pas au
monde, je m'étais laissé aller aux entraînements de
notre amour ; l'avenir n'était pas là encore, le présent
absorbait toutes nos pensées dans un même sentiment
d'affection. Aujourd'hui, la réalité se dresse devant
nous avec ses devoirs et ses engagements. Je n'y fail-
lirai pas. Je vous ai promis le mariage, je tiendrai
parole, mais les lois de mon pays exigent des formalités qui ne pourront être remplies de longtemps. La
comtesse consentira-t-elle au divorce aussi facilement
qu'à la séparation amiable ?

— La comtesse, fit vivement et sans réflexion Antoinette, mène une vie scandaleuse et voyage avec mon
frère... ma mère elle-même ne l'ignore pas... Cette
femme vous ruinera !

— L'avenir de Zizi sera assuré. La comtesse pourrai
se cacher un peu plus, mais elle aussi connaît nos relations et sa haine pourrait nous atteindre si...

— C'est vrai, murmura la jeune femme !

— Mon silence et ma froideur vous ont inquiété,
mais ma situation seule en est cause. En Russie, quoi-
que je fasse, ma conduite sera discutée et je crains
que de graves ennuis ne surgissent de cette discussion.

Cela ne m'épouvante pas, cependant. Il nous faut armer de patience... ayez confiance en moi et un jour nous...

— ... nous marierons, n'est-ce pas ?

— Je vous le promets !

— Je vous aime, s'écria Mlle d'Alboise, et je vous crois ; j'ai confiance en vous !

— En attendant, poursuivit Slikoff, dès mon arrivée à Pétersbourg, je déposerai à la Banque de Russie une somme de quatre cent mille francs au nom de notre enfant.

Antoinette ne pensait pas aux moyens d'assurer à sa fille une fortune ; ce qu'elle souhaitait avant tout, c'était un nom ! Elle embrassa son amant pour le remercier de ses engagements qu'il venait de renouveler ; il avait dit tout cela avec tant de froideur, en avait remis si loin l'accomplissement, que ce flegme auquel elle était pourtant habituée l'épouvanta. Mais elle savait qu'il ne fallait rien brusquer et résolut d'amener peu à peu le comte à réaliser ses promesses.

Une lettre arriva qui hâta le départ de Mlle d'Alboise pour Paris où le comte, Mlle Suchet, la nourrice et l'enfant devaient la rejoindre quelques jours après. La marquise rappelait sa fille. Sa lettre trahissait une vive inquiétude ; l'écriture était tremblotante. Le docteur avait mis ce court post-scriptum à son insu : « Mme la marquise est dangereusement malade et je redoute un malheur ! »

En d'autres temps, Antoinette eut été plus affectée d'une aussi grave nouvelle et se fut amèrement reproché sa conduite à l'égard de sa mère qu'elle aimait beaucoup. Mais la vie qui commençait pour elle et le résultat qui la devait couronner se jetaient à la traverse de ses réflexions, atténuant la portée de la perte qu'elle était à la veille de faire.

Ainsi que l'avait dit le médecin, Mme d'Alboise était très malade et ne devait pas échapper au mal qui l'épuisait depuis longtemps. On eût dit qu'elle attendait sa fille pour lui faire ses recommandations dernières. Cependant sa présence lui donna un regain de forces.

— Que je suis heureuse de te voir, ma chère petite ! je suis mieux, je le sens bien, mais je craignais de partir pour le grand voyage avant ton retour.

Et la mère et la fille s'embrassaient.

— Oh ! tu ne me quitteras plus... nous irons à Alboise... le grand air me remettra vite, nous remettra, car toi aussi tu es changée...

— Ta lettre m'a fait tant de mal ! Tu exagérais, mère !

— Pardonne-moi, chérie, j'avais si peur !... Mais tu es là, je vais mieux et nous pourrons bientôt partir. Tu voudras, n'est-ce pas ? Comme nous serons heureuses là-bas, en Touraine, toutes deux... Nous pourrons causer... ici j'étais si seule.. ton frère... A propos, vilaine, tu n'as pas répondu à ma lettre ? Comment trouves-tu Fernand ? avec sa barbe blonde il ressemble au comte de Slikoff...

— Je le trouve très bien, mère...

Antoinette avait baissé la tête. Elle continua :

— Ne parle pas trop aujourd'hui, mère, cela te fatiguerait... une autre fois...

— Oui, oui, mais je veux que tu te maries, mignonne, il est temps... Fernand est un brave garçon qui t'aime beaucoup et te rendrait heureuse... Allons, je vais être raisonnable... et Mlle Suchet, où elle est-elle ?

— Je suis partie précipitamment, elle arrivera demain.

Le mieux se maintint pendant quelques jours. Ce n'était qu'un leurre. Il arrive fréquemment que, de même qu'une lampe, la vie jette une lueur plus intense avant de s'éteindre — pure et dernière illusion. Il en fut ainsi pour la marquise, atteinte d'une de ces maladies de cœur qui ne pardonnent pas. Elle succomba, étouffée, au moment où l'on concevait quelque espoir de la sauver.

VIII

Avant d'abandonner l'Italie, Mlle d'Alboise avait laissé ses instructions au comte, surtout à sa confidente, la digne demoiselle Suchet, à laquelle devait être confiée désormais la petite Zizi. Et, dès son arrivée à Paris, elle avait retenu un appartement où s'installèrent la nourrice avec l'enfant et l'ancienne institutrice.

Un instant, la mort de la marquise d'Alboise avait modifié les idées du comte et d'Antoinette ; tous deux avaient songé à ne plus rien dissimuler, à vivre à leur guise, sans souci du monde. Mais pouvait-on jeter ouvertement, par-dessus les tours Notre-Dame un secret que quelques personnes seulement connaissaient ? N'était-ce pas braver l'opinion publique et, d'un seul coup, lever le voile qui recouvrait le passé ? A Paris, qui se préoccuperait d'eux ? Ils vivraient seuls, pour eux, puis, le moment venu, ils renaîtraient à la vie publique, reprendraient leur rang dans la Société C'étaient là de simples conversations sans solutions, car pour sortir de la situation qu'ils s'étaient faite, il fallait brusquer les choses. Ils hésitèrent trop longtemps, toute décision fut remise à plus tard, et Antoinette continua d'habiter l'appartement de sa mère.

Le comte, très empressé auprès de sa maîtresse, était de bonne foi lorsqu'en Italie il promettait d'arriver au divorce, et quand il parlait de patience c'était sans arrière-pensée. Il croyait dire vrai, mais il redoutait le scandale et, parfois, son sang-froid, ses raisonnements aussi justes qu'ils fussent, ne laissaient pas d'inquiéter Mlle d'Alboise qui n'avait plus qu'un but : légitimer son enfant par le mariage et faire à jamais disparaître cette appellation provisoire : Zizi !

Durant quelques mois, la jeune femme épuisa toutes les séductions pour conserver et aviver l'amour de Slikoff. Un peu pâlie par les dures épreuves de la maternité, elle était plus belle qu'autrefois. Le sang, d'ordinaire à fleur de peau et momentanément appauvri en vivifiant un petit être, semblait s'être décoloré tout exprès pour ajouter à la distinction d'Antoinette à qui cette pâleur seyait à merveille et dont les charmes avaient comme des caresses enveloppantes. Au contact des tendresses passionnées de sa maîtresse, Nicolas l'aimait follement, de même qu'aux premiers jours, en Touraine et à Pétersbourg. Et lorsqu'il dut partir pour la Russie, rappelé par son gouvernement, il s'éloigna à regret. Séduit par cette vie calme qu'il n'avait pas connue, toute d'affection et de ten-

dresse, partagé entre la mère et l'enfant, il comprenait mieux les inquiétudes de celle qui lui avait donné
cet enfant et, s'il l'avait pu, il eût tout de suite épousé
Mlle d'Alboise.

Pour la première fois, il maudit un ordre de son
empereur !

— Soyez tranquille, ma chère Antoinette, disait-il,
je pars le cœur bien gros, mais là-bas je ne resterai
pas inactif et bientôt vous n'aurez plus à rougir d'une
situation fausse. Je vous aime, mieux qu'autrefois,
comme si ce petit être avait en naissant changé la
nature de mon affection pour vous...

— Oh ! je ne suis point jalouse de notre enfant...
Partez... pressez les hommes de loi de votre pays et
qu'à votre retour la maîtresse cède la place à la femme
légitime.. que la mère n'ait plus d'inquiétudes pour
l'avenir et qu'elle puisse hautement, à la face de tous,
embrasser une Slikoff et non une enfant sans nom !

— Antoinette !

— Pardon, Nicolas ! je ne doute pas de vous, ma
confiance est entière, mais ces deux mots... maîtresse...
bâtarde... résonnent continuellement à mon oreille
comme pour me rappeler ma.... oui, oui, je suis un
peu folle, je l'avoue, mais... tu m'as tant gâtée !

Le comte s'éloigna. Ses lettres, très fréquentes,
étaient tendres, affectueuses et témoignaient de ses
regrets. Antoinette avait foi maintenant et s'était
armée d'une patience à toute épreuve afin d'attendre
la réalisation de ses vœux les plus ardents. Zizi était
une intéressante compagne dont les vagissements

aigus lui emplissaient le cœur de joie et elle l'entourait de tendresses follement passionnées.

Un jour Zizi toussa.... Une toux expirant sur ses lèvres et qui paraissait déchirer au passage la gorge de la pauvre enfant. Une épidémie s'était abattue sur Paris, épidémie lâche qui ne s'attaquait qu'à de chétives créatures trop faibles pour lui résister. Et Zizi mourut d'une attaque de croup.

Mlle d'Alboise avait pu compter sur sa fille pour resserrer les biens qui l'unissaient à Slikoff mais ses calculs, bien naturels auparavant, s'effondraient dans l'abîme de deuil creusé par la mort et, en face de ce berceau vide et si blanc où les premiers sourires du chérubin promettaient un si riant avenir, elle ne savait que pleurer des larmes de mère affolée, de mère pour laquelle la naissance irrégulière de Zizi avait encore grandi l'affection!

Plusieurs fois elle avait voulu, la pauvre désolée, écrire au comte et retracer en des pages émues ses souffrances et ses regrets, mais d'abondantes larmes coulaient le long de ses joues, rougissant ses grands yeux et inondant le papier. Alors elle jetait ces feuilles maculées et humectées de pleurs, murmurant : j'écrirai demain! Et le lendemain, pas plus que la veille, elle n'avait la force d'annoncer la lugubre nouvelle à ce père absent, qui, lui, écrivait, se plaignant d'être délaissé et exagérant les gentillesses de l'enfant.

Et ces lettres brisaient le cœur de la mère.

Mlle Suchet fut chargée d'avertir Slikoff. Mais le

comte n'écrivant plus, Antoinette fort inquiète, s'en ouvrit à sa confidente.

— Le comte m'abandonne maintenant comme si la mort de cette petite avait à jamais rompu le lien qui nous unissait l'un à l'autre. Il se croit dégagé, libre ! Ses engagements, ses promesses, ses serments, Zizi a tout emporté avec elle ! Pauvre enfant ! Que ne l'ai-je suivie dans la tombe !

La Suchet rassurait de son mieux sa maîtresse, la calmant par des excuses en faveur de Nicolas, attendant une occasion favorable pour apprendre à la malheureuse mère et sa conduite et le plan infâme que, dans la bassesse de son âme, elle avait imaginé.

Un soir, les deux femmes causaient dans la grande chambre occupée autrefois par la marquise. « Pep », un joli petit chien, souvenir de Russie, recevait les caresses qu'Antoinette lui prodiguait à profusion, tout fier d'avoir hérité d'une tendresse à laquelle il n'était point accoutumé. Ce n'est pas que le chien tînt la place de l'enfant, mais ses gentillesses aidaient à l'apaisement d'une douleur encore bien vivace. Mlle d'Alboise paraissait calme.

— Si le comte n'a pas écrit, commença la Suchet avec hésitation, c'est que... peut-être...

— C'est que... dites-vous ?

— Il n'a pas reçu ma lettre !

Un éclair de satisfaction illumina le visage pâle et amaigri de la jeune femme. Ce doute, seul, avait remué tout un monde de pensées. Elle aimait le comte et les paroles de sa confidente avaient comme cicatrisé

la blessure que l'oubli de l'amant avait pu faire en son
cœur.

— Comment, s'écria-t-elle, il n'aurait pas reçu de
lettre? Mais vous avez écrit, cependant ?

— Je n'en ai pas eu le courage!

— Pourquoi n'a-t-il plus écrit, alors ?

— Il a écrit.

— Et ses lettres ?

— Les voici !

Sans songer à relever l'étrangeté de la conduite de
sa confidente, le cœur inondé d'une joie qui ne laissait pas son esprit libre, Antoinette les lut avidement.
Elle était toujours aimée. La Suchet profita de ce retour à l'indulgence pour parler.

— Monsieur le comte ne sait rien, ajouta-t-elle, en
baissant la tête.

— Est-ce possible? Et pourquoi lui avoir caché...

— Dans votre intérêt, mademoiselle, et pour votre
bien !

— Ah! j'avoue ne pas comprendre.

— La pauvre petite que nous pleurons était un lien
entre vous et le comte, un lien que rien n'aurait pu
rompre... En apprenant la mort de Zizi, monsieur Slikoff pourrait se croire libre et...

— Je comprends... Mais c'est infâme ce que vous
avez fait là, mademoiselle Suchet!... Je vais écrire à
Pétersbourg, le comte tiendra à mon égard telle conduite qu'il lui plaira... une d'Alboise ne saurait s'abais-
ser de la sorte!...

Mlle Suchet s'attendait à cette réponse, mais ell

n'était pas femme à se laisser intimider et la révolte d'une conscience honnête la laissait parfaitement indifférente. Son plan était tracé et il serait exécuté en dépit de la résistance d'Antoinette. Elle avait un secret qui lui livrait la maîtresse du comte et elle ne lâcherait pas facilement sa double proie. Non qu'elle fût décidée à heurter de front les susceptibilités légitimes d'une femme que l'amour avait pu faire faillir mais qui repoussait bien fort l'idée d'un pareil marché. Non. Elle atteindrait autrement son but.

Et l'honorable confidente mit en jeu toute sa rouerie. Mlle d'Alboise avait aimé le comte ; la mort de sa fille rendait la liberté au suborneur ; elle avait compté sur Zizi pour le contraindre à tenir ses promesses et, l'enfant disparue, la faute n'en subsistait pas moins ; ces promesses ne seraient peut-être point réalisées, maintenant ; ses scrupules étaient exagérés et une d'Alboise ne pouvait consentir, après avoir donné son amour, à se laisser abandonner comme une simple fille. Et l'amour-propre, et l'orgueil, et l'ambition, que devenaient-ils ? Devaient-ils aussi disparaître dans une attaque de croup ?

Elle parla ainsi, longtemps, tirant une à une de son carquois les flèches empoisonnées qui devaient porter un coup mortel aux honnêtes résistances de la jeune femme. Affaiblie et préoccupée, de plus, livrée à elle-même, Antoinette se prit à réfléchir et à envisage l'avenir que le deuil enveloppait maintenant de son voile sombre. Elle se voyait soumise aux volontés de son ancienne institutrice qui se révélait à elle sous un

jour nouveau et tenait en main sa destinée. Et s'adres-
sant à elle tristement :

— Que faire ?

— Rien. Me laisser libre d'agir. J'irai en Allemagne,
en Italie, en Angleterre, partout jusqu'à ce que j'aie
trouvé une enfant du même âge de Zizi... une enfant
dont le signalement ne soit pas trop différent, une enfant enfin qui ne porte pas ostensiblement les preuves
matérielles de notre subterfuge et qui force le comte à
ne pas manquer à ses engagements, à réparer sa faute,
à effacer la tache faite à l'un des plus grands noms de
France... Voilà ce que je ferai et, un jour, Mlle d'Alboise bénira son institutrice de l'avoir sauvée de la
honte en lui ramenant le mari choisi par son cœur!...
Et puis, à quoi cela engage-t-il ? Si M. Slikoff fausse
compagnie à sa parole, il sera facile de prouver que
Zizi est morte et vous serez libre, absolument libre,
puisque vous n'aurez plus d'enfant !

Lorsque, pour la première fois, on lui avait fait cette
proposition, Antoinette avait senti un frisson d'horreur
s'emparer de tout son être. Mais cette femme, flattant
son orgueil en alléguant le devoir, lui présentait une
ignominie comme une nécessité de nature à tout réparer. Elle se révolta, mais la volonté avait fini par
s'émousser et, malgré elle, découragée, lassée, elle se
laissa convaincre. L'avenir lui faisait peur ! Et la
duègne, munie d'argent et de pleins pouvoirs, accomplit son honnête mission !

On était en 186... Toujours absent, le comte ignorait
l'événement qui avait fait verser tant de larmes. Mais

il pouvait rentrer, maintenant, le berceau n'était plus vide, le crêpe noir avait disparu, une autre Zizi était là, attendant sous un rideau bien blanc, perdue dans un flot de dentelle, la venue de Nicolas !

Quant à Mlle d'Alboise, elle entrait dans la voie du mensonge, mettant le pied sur une pente qu'il lui faudrait descendre — mieux vaudrait dire dégringoler, jusqu'au bout. Tout retour était impossible. Elle avait follement aimé son enfant, au point de ne plus penser à sa faute et de l'excuser et, aujourd'hui, fatalement, le calcul devenait son unique règle de conduite car, à l'avenir, il lui fallait imposer silence à ses révoltes indignées.

Certes, la mort de sa fille n'avait point tout à fait anéanti, dilapidé le trésor d'affection qui était en son cœur ; elle se sentait encore capable d'aimer et de caresser la petite étrangère amenée par la Suchet, mais c'était là un sentiment bien calme et tout de convention. Mère, elle comprenait qu'on se doit à son enfant, vivante image d'une faute dont il est la victime irresponsable, mais le dévouement ne saurait être le même pour la créature qui était là comme pour river sa vie au mensonge. Aussi avait-elle consenti aisément à la séparation que la duègne avait décidée.

L'enfant fut confiée à de bonnes vieilles gens d'Auteuil. Le grand air lui vaudrait mieux que la ville et il ne fallait pas s'exposer à un nouveau malheur. Auteuil était tout près, M. et Mme Ramel absolument sûrs ; cette séparation, momentanée du reste, laissait toute liberté à Mlle d'Alboise et la mettait à l'abri des indis-

crétions qu'il faut toujours redouter en des circonstances aussi délicates. Enfin, à toutes ces raisons plau-
sibles venaient s'ajouter celles morales et nombreuses
qui faisaient entrevoir un peu de tranquillité.

Antoinette acceptait, supportait tout.

M. et Mme Ramel étaient deux bons vieillards parfaitement honnêtes, pas très riches, mais à l'aise, qui
vivaient tranquillement à Auteuil en braves petits
bourgeois. Et la confidente savait qu'il ne fallait pas
se heurter contre leur nature franche et loyale et
proposer un marché que tout l'or du monde n'aurait
pu leur faire accepter. Elle les prit par le cœur.

Simplement, naturellement, elle leur expliqua le
cas de Mlle d'Alboise, jeune fille de grande famille
qu'on avait trompée et qui devait cacher sa faute
jusqu'au jour d'ailleurs très prochain où le séducteur
viendrait légitimer l'enfant par le mariage. Et cet
accent de sincérité avait séduit le ménage Ramel qui
consentait à se charger de Zizi, laquelle passerait pour
la fille d'un neveu mort pendant la guerre d'Italie.

Antoinette ne s'appartenait plus. En la possession
complète de sa gouvernante, elle n'avait plus qu'à
attendre le retour du comte dont les lettres demeu-
raient affectueuses et passionnées. Peu à peu, du
reste, ses remords disparurent et, s'habituant à cette
situation anormale et critique, elle souhaita plus ardemment le mariage. La Suchet suffisait à entretenir
cette impatience, et comme Slikoff n'arrivait toujours
pas, elle proposa de partir pour la Russie afin de hâter
la solution.

IX

Depuis la mort de la marquise, Fernand Fourniol n'avait pas reparu dans l'appartement de la rue de Varennes, mais il savait que Mlle d'Alboise y habitait toujours. Il avait voulu laisser s'écouler quelques mois sur ce deuil et ne pas rappeler, rien que par sa présence, une demande qui n'avait pas reçu de réponse, mais qu'il convenait de ne pas renouveler trop vite. C'était une délicatesse de sa part. Puis, il avait voulu oublier son amour pour Antoinette; il ne l'avait pu et cet amour même semblait augmenter à mesure que les circonstances se coalisaient contre lui. Il aimait. Ah! la terrible excuse.

Un jour il se fit annoncer. Mlle d'Alboise, après avoir hésité à le recevoir, ne l'eût certainement pas reçu sans la maladresse d'une domestique qui l'avait directement introduit au salon. Elle dut se résigner. Tout d'abord, l'entrevue fut gênante, la conversation embarrassée. Fernand, dont la correction fut parfaite, parla de la marquise, pour laquelle il avait eu une profonde vénération et ses allusions, bien que discrètes, témoignaient de l'état de son cœur et la jeune femme dut aisément se rendre compte que ses intentions n'avaient pas changé. Il fallait répondre.

— Ma mère vous aimait beaucoup aussi, fit-elle négligemment.

Dans cette phrase toute de banale politesse, Fourniol vit un encouragement. On voit ce que l'on souhaite. Il reprit vivement :

— Mme la marquise était si bonne ! Elle avait bien voulu accueillir favorablement une demande que mon père lui avait transmise en mon nom et aujourd'hui, mademoiselle, je viens moi-même renouveler cette demande.

Emue et honteuse, tout à la fois, la jeune femme baissa la tête. Elle avait là, sous la main, une affection pure et sincère qui lui assurait le bonheur et elle ne savait que faire. Il l'avait toujours aimée, lui, il l'aimerait peut-être encore après l'aveu de sa faute si elle avait le courage de l'avouer et elle n'osait plus regarder en face cet honnête homme qui venait lui offrir son nom, sa fortune, une vie tranquille et heureuse ! Mais elle ne voulait pas rougir devant ce camarade d'enfance qui sollicitait sa main ! Puis, dans son trouble, elle se demandait ce que penserait Fourniol. La mépriserait-il ? L'idée d'une pareille humiliation la torturait. Lui conserverait-il son amour ? Il lui répugnait de le tromper. Tout à coup, elle éclata en sanglots. Fernand se rapprocha et dit avec une douceur infinie.

— Pardonnez-moi, mademoiselle, si je vous ai causé du chagrin...

Comme rappelée à la réalité, Mlle d'Alboise releva vivement la tête et essuya ses larmes. Puis, avec une subite décision :

— Vous êtes bon, monsieur Fourniol, fit-elle, et vous m'aimez depuis longtemps, je le sais... Eh! bien! à cause même de votre affection pour moi, renoncez à ce projet de mariage... impossible... je vous en conjure... ne me questionnez pas...

Il y eut un grand silence. Surpris, le jeune homme restait interdit. Se méprenant sur les motifs qui avaient dicté cette réponse, il reprit :

— Mon affection est sincère, mademoiselle, et votre refus me brise le cœur ! Renoncer de mon plein gré à ce projet serait prouver que j'obéis à un caprice et que vous auriez raison de repousser mon affection, mon... amour... Vous êtes libre et dépendez de vous seule, vous pouvez vous prononcer et décider de mon sort... Aurais-je eu le malheur de vous déplaire, de vous offenser en venant trop tôt?... j'attendrai...

— Mais non, mais non !...

Il continua :

— Je ne suis pas de votre monde par la naissance, je le sais, mais j'appartiens à une famille justement estimée en Touraine et je porte le nom d'un homme que M. le marquis d'Alboise honorait de sa confiance et même de son amitié... Je vous supplie, à genoux,

mademoiselle... S'il est des raisons assez graves pour
justifier un refus, que je les connaisse et, alors, connaissant les réels motifs de mon malheur, je m'effor-
cerai de commander à mon pauvre cœur, d'oublier,
de refouler bien loin des espérances que Mme la marquise avait encouragées, des espérances trop élevées,
trop idéales dont l'insuccès brisera ma vie...

En présence d'une affection si sincère, si grande,
bouleversée, troublée, Mlle d'Alboise avait senti se
réveiller en elle tous les sentiments généreux dont
son cœur était empli. Elle se voyait, elle aussi, à
genoux, suppliant, implorant le comte de répondre à
son amour et de justifier par sa tendresse sa coupable faiblesse pour lui. Prise d'une sympathique
pitié, elle tendit la main à Fourniol et l'aida à se relever. Puis, d'une voix où se trahissait une vive inquiétude, elle dit, comme obéissant à un sentiment de
pénible résignation :

— Ecoutez-moi, monsieur Fernand, et abrégez mon
martyre. Vous souhaitez une réponse, un aveu? Vous
m'aimez, dites-vous? Eh bien! dans un instant, après
ma réponse, après cet aveu que vous attendez, vous
ne m'estimerez même plus et rougirez de m'avoir aimée
un seul moment et d'avoir songé à me donner votre
nom qui n'est point un obstacle, je vous le jure!... je
ne suis pas libre... j'aime...

Elle s'arrêta, suffoquée. Elle avait prononcé ces
dernières paroles très vite et très bas, d'une façon à
peine intelligible et elle attendait, maintenant, que
Fourniol parlât, impatiente de savoir l'impression

produite par une déclaration qu'elle supposait complète, presque brutale.

Fernand comprenait tout ce que la situation avait de pénible et son étonnement était extrême... Connaissait-il celui qu'on lui préférait ? Peut-être, car il se rappela tout aussitôt les craintes qu'il avait eues autrefois pendant les fêtes données au château Slikoff. C'est que la pensée va vite quand le cœur est en feu. La jeune fille s'humiliait devant lui et ne pouvant garder plus longtemps le silence, il s'écria :

— Dieu m'est témoin, mademoiselle, que vous auriez toujours en moi l'ami le meilleur, le plus sûr, le plus dévoué...

— Merci !

Antoinette continua sa confidence. Elle aimait, le comte Nicolas Slikoff et en était aimée. Il lui avait promis le mariage aussitôt divorcé d'avec la comtesse et, ainsi, il légitimerait une faiblesse, une faute commise. Le comte étant gentilhomme, il avait juré, elle croyait à ses serments. Fernand devait comprendre pourquoi elle n'était pas libre et pourquoi son projet de mariage était impossible, irréalisable, pourquoi, enfin, elle ne pouvait le tromper en acceptant son nom. Coupable ! elle l'était assurément mais, presque livrée à elle-même, toute jeune, sans défense de la part de sa mère qui l'avait trop gâtée, sans protection de la part de son frère, elle avait succombé aux atteintes d'un mal auquel on n'est pas maître de se soustraire... Il en devait savoir quelque chose, lui qui avait voulu oublier sans y pouvoir parvenir.

Tout à tour timide et osée, cette confession était
incomplète : la jeune femme n'avait pu aller jusqu'au
bout. « Il comprendra bien, pensait-elle » ; et elle se
félicitait de son courage, se promettant d'achever
l'aveu une autre fois. Elle murmura :

— Me méprisez-vous, maintenant ?

Elle avança la main que Fernand saisit et, inclinant
le front :

— Nous sommes amis, n'est-ce pas ?

Fourniol déposa sur son front un baiser discret qui
scellait un contrat d'amitié.

Un entretien aussi étrange avait complètement bouleversé le pauvre amoureux qui voyait sombrer son
bonheur au moment où il le croyait le plus prochain.
Il était comme anéanti. Il avait bien compris, mais il
ne soupçonnait pas, cependant, les suites de la faute
avouée. Une fois parti, faisant un retour sur lui-
même, il s'en voulait de n'avoir pas eu la force de
parler. Pourquoi, autrefois, n'avait-il pas surveillé,
protégé celle dont il voulait faire sa femme et qu'on
abandonnait encore enfant dans un milieu où, fatalement, elle devait mal tourner. Mais quels étaient ses
droits, pour surveiller et protéger Mlle d'Alboise ? Ces
idées se heurtaient dans sa tête et il ne pouvait véritablement dégager un raisonnement qui le calmât.

Quant à Antoinette, comme elle regrettait d'avoir
subi l'influence néfaste de son ancienne institutrice et
écouté ses coupables conseils. Ses demi-aveux ne la
satisfaisaient pas, car ce serait une nouvelle épreuve,
une nouvelle humiliation le jour où il faudrait re-

parler d'un sujet aussi délicat. Et ce jour viendrait,
car elle ne pouvait montrer comme sienne une enfant
dont elle ignorait l'origine, et n'était-ce pas assez
vraiment, d'avoir avoué et son amour et son déshonneur? Sans cette enfant, cependant, elle aurait
pu cacher sa faute à Fernand, attendre encore, re-
tarder sa réponse et, plus tard, si le comte n'avait
pas tenu ses engagements, devenue libre, elle aurait
pu tout dire à Fourniol s'il avait persisté à l'aimer.
Que d'amers regrets! Tout à l'heure, elle avait eu
quelque courage, maintenant elle pleurait, seule, sans
contrainte, et ces larmes la soulageaient.

X

Le marquis d'Alboise et la comtesse avaient passé
hors de France l'année qui suivit la séparation des
Slikoff. On eût dit deux jeunes mariés bien amoureux
promenant leur lune de miel en tous pays, comme
pour défier, par la chaude et égale température de
leurs cœurs, l'inconstance des climats.

Combien peu, cependant, ils pensaient au mariage?
Ils n'en avaient point le loisir. Et, à quoi bon le mariage? L'amour n'était-il pas pour eux un lien plus
fort, plus sûr, plus durable, plus séduisant, que ce
lien solennel noué par un fonctionnaire sans prestige
qui enchaîne officiellement deux cœurs souvent peu
faits pour se comprendre. Et comment? Au moyen
d'une phrase prosaïque, inscrite en un code crasseux,
à la page cornée ; au moyen d'une phrase sacramen-
telle, toujours la même, pour des grotesques comme
pour des gens distingués, pour des amoureux comme

pour des ennemis; au moyen d'une phrase, enfin,
qui brise toutes les entraves et réalise les rêves aussi
bien que les marchés! Et cet amour libre n'éloignait-il
pas toute pensée de se lier par le mariage?

Parfois d'Alboise avait dit :

— Vous verrez comtesse, que nous nous marierons !

Et la comtesse avait répondu avec une moue charmante :

— Pourquoi? Ne sommes-nous point heureux ainsi?
Il me semble, cher Henri, que je vous aimerais moins
si je m'y croyais contrainte par la loi des hommes.
Voyez-vous, la loi du cœur est la seule vraie et il me
répugnerait de me trouver sous la dépendance légitime de celui que j'aime et qui est bien réellement
mon maître! Le mariage m'a si peu réussi!

Et cette conversation se terminait toujours par la
même phrase que le marquis arrêtait par un baiser
sur les lèvres d'Anna. Et, semblables à deux enfants
qui s'embrassent après s'être querellés, tous deux
riaient, murmuraient :

— Nous aimerions nous autant, si?...

Et ils n'achevaient pas.

Rentrés à Paris, ils avaient repris la folle vie d'autrefois, ne calculant pas. Leurs cœurs étaient emplis
de ces trésors que la fée Bonheur rend inépuisables
lorsque ses généreux enfants y savent fidèlement et
vigoureusement puiser. Mais les roubles et les louis,
véritable chimère, fondaient comme versés dans le
creuset sans fonds de leurs goûts ruineux et de leurs

caprices. Qu'importait ? Le présent était fait de joies
et de félicités.

La terre du Roc avait déjà passé en d'autres mains,
mais, dans le pays, restaient des souvenirs vivants
du passage des Slikoff. Le nombreux personnel des
domestiques avait suivi l'exemple des maîtres. Il avait,
lui aussi, mené joyeuse existence et, dans les fermes,
une douzaine de petits mulâtres prouvaient suffisamment que la comtesse avait eu des nègres à son service. La métairie de Pracouyer en possédait quatre
pour sa part, contingent fort respectable. Les filles des
fermes colonisaient.

Le prix de la vente du Roc avait disparu, l'hôtel
était encore la propriété d'Anna mais il devenait de
jour en jour la proie des fournisseurs dont les notes
augmentaient dans d'effroyables proportions. Henri,
de son côté, faisait royalement les choses. Quelque peu
ébréché avant sa liaison, son patrimoine suivait la
progression de la ruine de la comtesse. Le marquis
ne se cachait plus. Il était au su et au vu de tout le
monde l'amant de la femme dont le Tout-Paris élégant, galant, viveur, s'occupait. Le toit qui l'abritait,
abritait aussi la jolie Russe surnommée « la d'Alboise »,
et cette appellation, dans la bouche de certaines personnes, semblait porter en elle une injure, ce qui n'em-
pêchait pas ces mêmes personnes de fréquenter assi-
dûment ses salons les plus tapageusement en vue de
l'époque.

Dans cette vie à outrance, on eût dit que le marquis
et la comtesse recherchaient à plaisir le scandale et le

bruit. Ne songeant aux autres que pour s'en distraire, il leur était indifférent qu'on parlât d'eux. Et cette exagération de fêtes, de distractions, se produisait au moment où les dettes s'accumulaient, où Slikoff tenait moins régulièrement ses engagements. Les deux amoureux avaient perdu la tête et dévalaient, pris de vertige, la pente qui les menait fatalement à la ruine, à la misère et à l'avilissement.

Nicolas n'avait pas quitté la Russie et ne payait plus la rente de cent cinquante mille francs. Au courant de ce qui se passait en son ancien hôtel, il laissait dire, ne donnant signe de vie à sa femme en aucune manière, voulant éviter un procès dont le scandale serait trop retentissant.

Un événement l'y devait cependant contraindre.

Les fêtes données par la comtesse avaient dégénéré en orgies, en véritables saturnales. Ses salons étaient fréquentés par les artistes et les actrices les plus en renom.

Les courtisanes à la mode y trouvaient bon accueil et, dans ce huis-clos libidineux, dans cette atmosphère chargée de senteurs âcres et excitantes, à la chaleur des lumières éclatantes scintillant dans les glaces, ainsi que les étoiles au firmament, de tout jeunes gens venaient s'étioler tandis que des vieux beaux, se croyant transportés en un monde nouveau, demandaient aux déesses peuplant cet eden infernal leur jeunesse galvaudée et perdue.

Dans leur imagination lascive et déréglée, d'Alboïse et sa maîtresse inventèrent les tableaux vivants, une

8

nuit fameuse, vraie fête de la nature chez les Grecs avec, de plus, les raffinements modernes.

Les salons de l'hôtel avaient été transformés, partout des arbustes, des plantes, des fleurs, des massifs merveilleusement agencés, avec des allées artistement dessinées ; partout des glaces dont les reflets combinés ajoutaient à une lumière sagement modérée.

Au centre, semblable à la statue de Vénus de Gnide sculptée par Praxitèle, se tient la belle comtesse Anna, véritable chef d'œuvre de la nature. Elle reçoit ses invités pour lesquels elle est comme le programme vivant de la fête. Il y a dans sa pose toute la « séduction du regard, des attitudes ; tout ce qui charme, tout ce qui embrase ; ce sourire adorable qui promet la volupté ; ces lèvres entrouvertes qui la donnent ; ces yeux qui lancent des flammes humides ou qui se voilent d'une mélancolique rêverie et semblent s'éteindre dans des langueurs ; ce sein dont les voluptueuses palpitations appellent le baiser ; ces bras admirables qui s'ouvrent pour former la plus délicieuse ceinture ; cette jupe voltigeante, ouverte, qui laisse entrevoir le dernier asile des plaisirs ; ces formes ravissantes que les amours ont arrondies ; ce regard de flamme mêlé de tendresse, d'impatience et de lasciveté, ces mots irritants, ces saillies charmantes ; ces badines provocations. Anna, la belle Anna se multiplie ; elle est tour à tour retenue et emportée, tendre et vive, agaçante et rêveuse, nymphe touchante, sirène, et Vénus. Henri est dans l'extase et voudrait ravir aux yeux indiscrets cette idole qui trône en ce jardin du paradis terrestre où sont réunies les plus jolies femmes de Paris.

« ... Aux accords d'un orchestre invisible les danses commencent, véritables pantomimes d'amour. Les dessins, les attitudes, les mesures, les sons, les cadences de ce ballet érotique, tout respire la passion et en exprime les voluptés et les fureurs. L'art et la richesse de la parure de ces bacchantes, l'adresse qu'elles ont mise à façonner leur beauté, tout conspire à leur prodigieux succès. Leurs longs cheveux épars sur leurs épaules ou relevés en tresse, sont chargés de diamants et parsemés de fleurs. Des pierres précieuses enrichissent leurs colliers et leurs bracelets. Elles ont attaché même des bijoux à leurs narines en cette fête de la nature, et cette parure qui choque au premier coup d'œil plaît bientôt et relève tous les autres ornements par le charme de la symétrie d'un effet inexprimable.

« Tout a été copié sur la coutume ancienne. Elles ont soigné leurs seins qu'elles ont enfermés dans deux étuis d'un bois très léger, joints ensemble et bouclés par derrière. Ces étuis sont si polis et si souples qu'ils se prêtent à tous les mouvements du corps sans aplatir, sans offenser le tissu délicat de la peau. Le dehors de ces étuis est revêtu d'une feuille d'or parsemée de brillants, parure d'une exquise recherche. Et ce voile qui couvre le sein n'en cache point les palpitations, les soupirs, les molles ondulations et n'ôte rien à la volupté. »

Vénus règne en maîtresse dans ce royaume dont l'atmosphère chaude et capiteuse trouble les cervelles

et agite la chair. C'est le domaine de l'amour. Et
dans la demi-obscurité des allées, des groupes enlacés
et surpris semblent autant de statues animées....

. . . .

Cette dernière orgie eut un immense retentissement.
Le lendemain, dans Paris, il n'était bruit que de cette
nuit enfiévrée dont on narrait les détails avec la scrupuleuse exactitude de la vérité nue et dont les bruyants
échos avaient franchi la Seine pour se répercuter, en
grossissant, dans les corridors de l'ambassade de Russie.
Ces échos eurent un contre-coup direct, immédiat
dans le monde officiel. Ce fut un scandale inénarrable,
scandale d'autant plus grave qu'on citait ouvertement
tels haut fonctionnaires qui n'avaient pas craint de
compromettre leur dignité sérieuse dans un pareil milieu, en pareil costume.

Le comte Nicolas Slikoff était nouvellement attaché
à la maison de l'Empereur Alexandre et il fut mandé
à Paris. En même temps, une lettre officieuse, éma-
nant du ministère de l'intérieur invitait la comtesse à
cesser ses réceptions plastiques ou à vêtir, tout au
moins, les sujets de ses tableaux si elle ne voulait pas
s'exposer à des mesures de rigueur.

En France, en ce moment, on était tout disposé à
être agréable à la Russie pour assourdir la détonation
du coup de pistolet de Berezowski et faire oublier le
« Vive la Pologne, Monsieur » !

Slikoff était venu.

XI

Depuis son voyage à Pétersbourg, Mlle d'Alboise avait cessé toutes relations avec la comtesse et ne l'avait même jamais revue ; elle n'ignorait pas la vie qu'elle menait avec son frère et, souvent, elle avait eu l'intention de s'en entretenir avec lui. Mais sa propre situation lui imposait silence. Elle paraissait avoir tout oublié et ne penser qu'à Nicolas qu'elle adorait toujours.

— Enfin, songeait-elle, le voilà. Les raisons ne lui ont pas dû manquer pour obtenir le divorce et bientôt, sans doute, j'aurai fini de rougir de ma honte ! N'est-ce pas assez que mon frère !

Slikoff fut très affectueux et caressa beaucoup Zizi. Mais cette affection parut froide à Antoinette qui avait espéré le voir revenir tout autre. Ses tendresses n'avaient plus ces abandonnements d'autrefois qui chassaient bien loin les craintes de la jeune mère et effaçaient dans un baiser passionné jusqu'au souvenir de l'amertume causée par ses soupçons. Le comte était bon, correct, généreux et c'était tout. Ses occupations à Paris absorbaient son temps et, un mois après, lorsqu'il repartit pour la Russie, il n'avait pas songé un seul instant à reprendre ses anciennes habitudes. Mlle d'Albuise était restée une étrangère pour lui. Prête à se donner, à prodiguer ses tendresses, elle éprouva une amère déception de cette étrange conduite. N'était-ce pas là l'indice certain de l'abandon ? A chaque instant son inquiétude avait été sur le point de se manifester. Mais la peur d'une explication dont le dénouement pourrait être trop brusque, l'avait retenue. C'est à peine si elle avait osé poser au comte quelques questions qui l'avaient fort peu éclairée sur ses intentions prochaines. Et le comte s'était éloigné sans renouveler d'une façon précise ses engagements et ses serments.

— Ne croyez pas, mademoiselle, disait la Suchet, que le comte vous abandonne. Loin de là. C'est que sa situation est étrange. Il m'a tout dit, à moi, n'osant pas vous faire de la peine ! L'empereur lui a fait savoir qu'il eût à divorcer et mettre fin aux scandales connus de Paris entier, s'il voulait conserver sa place. M. Slikoff désire vous épouser, mais il va lui falloir mettre en cause le marquis votre frère et il redoute que, par vengeance, la comtesse et M. Henri ne fassent un esclandre !

— Je verrai mon frère !

— La chose est inutile, croyez-moi. Le procès est

engagé, il suivra son cours. Si vous saviez combien il
avait le cœur gros de vous quitter ainsi ? Il n'aurait
pu se résoudre à partir s'il avait... ici, cherché l'oubli
de ses ennuis et de ses chagrins, et il fallait qu'il
partît !

— Il m'aime encore, dites-vous ?

— Comme un fou. Et, tenez, voici la lettre qu'il m'a
remise pour vous. Il était bien ému en me la con-
fiant.

C'était un billet griffonné à la hâte.

« Ma chère Antoinette,

« Je pars pour revenir bientôt. Ayez confiance en
moi comme j'ai confiance en vous et soignez bien
notre chère petite. »

— Il tremblait en écrivant, fit Mlle d'Alboise, c'est
à peine lisible. Pauvre père que nous trompons !

Et rassurée pour quelque temps, la jeune femme ne
ne se plaignait plus.

Antoinette vivait fort simplement. Ses relations
étaient restreintes, sortant peu. Néanmoins, le bruit
qui se faisait autour de la comtesse parvenait jusqu'à
elle. On s'occupait aussi du comte et c'était ce qui l'inquiétait le plus, tant elle redoutait de voir son nom
mêlé à cette affaire. On annonçait le prochain divorce
des Slikoff attribué à différentes causes. Les uns affirmaient que la conduite de la belle Russe en était le
motif principal et que le gouvernement de Pétersbourg

n'y était point étranger ; d'autres assuraient que la ruine en était la cause déterminante.

— Qu'importe, disait Antoinette, que Nicolas soit ruiné ! Ma fortune est sortable, nous pourrions encore faire bonne figure à la cour et je serais si heureuse de racheter envers lui...

La Suchet s'efforçait de tranquilliser sa maîtresse. Le comte n'était pas ruiné, il aimait Zizi comme sa fille, il le prouverait ; alors l'espoir renaissait.

Le temps s'écoulait et le comte ne revenait pas.

A la suite de cette nuit fameuse inaugurant les tableaux vivants, les menaces de l'ambassade russe avaient attiré sur Anna Slikoff les regards de quelques puissants du jour que la comtesse avait reçus comme des amis se rangeant avec elle dans le parti de l'opposition, amis qu'elle ménageait mais qui s'attendaient à une réception de toute autre nature. Et, nouvelles recrues, ils piétinaient sur place.

Leur tour devait venir.

D'Alboise, ruiné de fond en comble, aimait toujours sa belle maîtresse dont il aurait cependant désiré se détacher par un sentiment de dignité qui, parfois, se réveillait en lui. Anna était ruinée, elle aussi. Tous deux étaient riches de dettes, et l'amour qui depuis plusieurs années unissait ces deux êtres, n'avait pas disparu avec leurs dernières ressources. Comme au temps de leur splendeur, les deux amants paraissaient heureux au milieu des poursuites des huissiers. Le marquis empruntait partout. Sa sœur lui était venue en aide, souvent, ne s'inquiétant pas de

l'emploi auquel son argent était destiné et lui, faisant
litière de ses scrupuleuses intentions, continuait à
vivre avec la comtesse dont le train de vie, un instant
enrayé, semblait reprendre une force nouvelle. Les
poursuites avaient cessé comme par enchantement et
il ne se demandait pas comment ce phénomène s'était
produit. Seulement il cherchait un moyen de faire
promptement fortune. Un instant il crut avoir trouvé
ce moyen.

— Si je vendais mon nom! s'écria-t-il.

C'était si simple! Et le représentant des d'Alboise
caressa son idée. Dans la roture il trouverait bien une
héritière millionnaire trop heureuse de s'appeler
« Mme la marquise d'Alboise au prix des centaines
de mille francs gagnés par sa famille. Il lui donnerait
son nom et l'accompagnerait dans le monde ; cela
suffirait à une jeune fille élevée derrière un comptoir
et apparaissant tout-à-coup dans la noblesse. Et quel
honneur pour elle! Il se rappelait le mot d'un pâtis-
sier de la place de la Clautre auquel on demandait ce
qu'il entendait faire de sa fille et qui avait répondu
fort simplement : « Je la marierai à un noble ruiné ! »
Puis, l'affaire faite, le mariage conclu, il porterait son
amour à Anna avec l'argent de sa femme.

Ils sont véritablement surprenants ces héritiers d'un
nom qui a pu être grand tant qu'ils ne l'ont pas porté!
Et quelle étrange aberration hante leur cerveau malade! L'orgueil étouffe les quelques rares bons mouvements que la nature a mis en eux et, n'ayant eu
que la peine de naître après leur père, ils n'ont

qu'une seule capacité : Ne rien faire ! Jugez donc, ils se compromettraient ! Et quand ils ont dissipé leur patrimoine, ils demandent aux expédients la vie qu'ils ne savent ou ne peuvent pas tirer du travail. Travailler, n'est-ce pas déchoir ?

Le marquis cherchait une héritière.

C'est qu'il avait appris la mort de Nicolas, mort qui tarissait à tout jamais la source à laquelle la comtesse avait si abondamment puisé. Il fallait donc aviser. Et tout était mystère dans cette mort. Plusieurs versions couraient dans le public. Slikoff avait été trouvé, un matin, étendu dans son lit, à Pétersbourg, en son hôtel de l'île Vasili-Ostrow. Il était froid. Un pistolet était là, à côté de lui, à portée de sa main crispée. Dans la chambre rien n'indiquait une lutte et le lit n'accusait aucun désordre. Seuls, des papiers amoncelés pêle-mêle sur la table paraissaient avoir été fouillés. Y avait-il crime ou suicide ?

En Russie, on croyait au crime et la disparition d'un domestique semblait donner à cette supposition une apparence de vérité. Mais ce domestique en qui le comte avait une confiance illimitée, arrêté à Paris, avait affirmé n'être parti que sur l'ordre de son maître et chargé par lui d'une mission toute confidentielle relativement à son procès avec sa femme. Une lettre écrite de la main du comte prouvait son innocence. Quelques mécontents de l'entourage de l'empereur laissaient supposer que Slikoff, convaincu de conspiration contre son souverain, avait été assassiné. D'un autre côté, par des soupçons habilement mis en cir-

culation, on avait essayé d'incriminer la belle Russe.
Ce fut peine perdue. Soit puissance, soit innocence,
elle ne fut aucunement inquiétée. L'opinion publique
décida que le comte s'était suicidé. On le savait ruiné,
cela suffisait à expliquer un moment de folie.

Quoiqu'il en soit, l'arrivée à Paris du fidèle domestique de Slikoff avait coïncidé avec la reprise des habitudes luxueuses de la comtesse et aussi avec la ces-
sation des poursuites de ses nombreux créanciers. Et
le dwornik était resté au service de la d'Alboise.

Par un calcul tout simple, tout naturel, Henri avait
porté ses vues sur la dot de Mlle Noélie Biróllet, la
fille des nouveaux propriétaires de la terre du Roc. De
cette façon, il redevenait riche et se retrouvait au
milieu des souvenirs dans lesquels se berçaient deux
ou trois joyeuses années. Ce plan était alléchant à
défaut d'honnêteté. Une grande naissance était bien
de taille à racheter une pareille forfaiture! Me Fourniol fut chargé de demander la main de Mlle Birollet.

Le notaire n'osa pas refuser son concours au fils dégénéré du vieux marquis d'Alboise. Il ne voulait mé-
contenter personne. La réussite lui importait peu.

M. et Mme Birollet appartenaient en effet à la roture, mais à cette roture intelligente, accessible au
progrès, fille de ses œuvres et qui puisait dans le
travail la fierté et l'indépendance qui la faisaient « elle ».
Ils avaient gagné trois millions dans la minoterie et
Mme Birollet avait mis la main à l'œuvre; c'était un
caissier modèle. Me Fourniol avait peu d'illusions sur
le résultat de sa démarche, puis, dans son for intérieur,

il pensait qu'un jour, peut-être, son fils serait plus heureux auprès de Mlle Birollet que de Mlle d'Alboise. Cependant il ne s'attendait pas à un refus aussi catégorique.

— Très honorés, avait répondu Mme Birollet, mon cher monsieur Fourniol, de la demande que vous nous transmettez au nom du marquis d'Alboise. Nous comprenons aussi votre embarras et ne vous garderons pas rancune ; notre fille est encore jeune, elle choisira le mari qui lui conviendra le mieux.

— Alors ?...

— Votre marquis s'est flatté d'épouser Noélie quand il voudrait ; il s'est trop avancé. Noélie ne sera jamais sa femme. La comtesse Slikoff est veuve, qu'il l'épouse !

Le notaire n'insista pas : Mlle Birollet demeurait libre et son Fernand, son docteur en droit, son successeur à Tours, pourrait donc être son mari ! Cette idée le séduisait d'autant plus que « l'héritière » était une fort gracieuse personne, très intelligente, avec une éducation très soignée.

— Très fiers, tout de même, les Birollet, pensa Fourniol !

Dans sa présomption insensée, Henri avait espéré que les minioliers happeraient au passage la couronne qu'il leur jetait, et toutes les phrases embrouillées dont son mandataire enguirlandait sa réponse, ne firent qu'ajouter à sa mauvaise humeur.

— S'appeler Birollet et faire les fiers, fit-il avec dédain !

Ce bon La Fontaine aura éternellement raison.

Ne sachant plus où frapper pour redorer son blason aux merlettes déplumées, le marquis se laissa vivre, ignorant ou feignant d'ignorer par quel miracle Anna avait pu si facilement réparer ses désastres financiers. Il ne réfléchissait pas, mais on pensait pour lui, et ceux qui le connaissaient, le jugeaient sévèrement.

Quant à la d'Alboise, elle s'excusait elle-même, grâce à ces raisonnements spécieux dont les gens coupables ou tarés savent user avec une si merveilleuse facilité. Après avoir congédié les amis qui, maintenant, ne faisaient plus antichambre, n'attendaient plus, elle pensait :

— Henri va venir, pourquoi aurais-je honte devant lui? Il s'est ruiné pour moi, je ne puis rompre ainsi. Nous nous aimons ainsi qu'aux premiers jours. Je ne le trompe pas, il a toujours mon cœur. Je me vends mais ne me donne pas! Et dans ses bras je me lave des souillures que la vie m'impose. Pourvu qu'il ne le sache pas!

Etendue sur un canapé, celui des jours heureux, elle attendait son amant, le sourire aux lèvres, la joie au cœur, et d'Alboise arrivait à son heure, étouffant dans une amoureuse étreinte les souvenirs restés dans les plis de sa robe fripée par d'autres!

Cette vie dura quelque temps, mais une maladie vint, une de ces maladies inavouables qui emporta la jolie comtesse russe, la d'Alboise, mourant après avoir ruiné une douzaine de gentilshommes campagnards, un ministre et plusieurs magistrats.

XII

Antoinette connaissait la mort de la comtesse mais,
ainsi qu'il arrive toujours pour les plus intéressés, elle
ignorait celle du comte que la Suchet lui avait soigneusement cachée. C'est que la duègne, directement
atteinte dans ses intérêts espérait encore que la nouvelle était fausse. Un moment devait venir, cependant,
où la jeune femme apprendrait cet évènement, d'autant
plus que la fin prématurée de Slikoff était entourée
d'une légende confuse, mystérieuse, fantastique.

Le marquis n'ignorait point la chose et dans ses visites à sa sœur il était surpris de la trouver si tranquille, si résignée, ne pouvant supposer qu'elle ne fût
pas au courant d'un fait dont les journaux avaient
mené grand tapage.

La jeune femme était calme parce que la mort de la
comtesse effaçait en quelque sorte le passé et pré-
parait l'avenir. Maintenant elle verrait la réalisation
de ses vœux et des promesses solennellement jurées.

Assez semblable à un navire désemparé, d'Alboise se laissait aller, ballotté par les vents changeants de la vie. Il avait tout perdu : fortune, boussole, maîtresse. Il voyait davantage sa sœur à laquelle il demandait souvent des services d'argent. Antoinette lui dit un jour :

— Il m'en coûte, mon cher Henri, de parler d'une situation dont il ne devait jamais être question entre nous, mais je n'y puis tenir plus longtemps. Le comte n'écrit plus... il m'abandonne sans doute ? Que vais-je devenir avec cet enfant ?

Hébété, il regarda sa sœur. Avait-il bien compris ? Elle ne savait donc pas ? Elle continua :

— Rends-moi un service. Pars pour Pétersbourg... vois-le... et puisqu'il est veuf, rien ne s'oppose désormais à ce qu'il me donne le nom qu'il m'a promis. Tu refuses ?... Ne parlons plus de ce voyage... je conçois ton embarras... j'enverrai Mlle Suchet... elle ne me refusera pas, elle qui m'est si dévouée !

Le marquis aurait voulut parler, il n'en eut pas la force. Malgré l'abjection dans laquelle il s'était vautré, il lui répugnait d'en arriver à une explication pareille. Il se retira. La Suchet, elle, était allée à Auteuil faire sa promenade quotidienne et porter quelques colifichets à Zizi.

Antoinette guetta son retour.

— J'ai vu mon frère aujourd'hui, lui cria-t-elle en l'apercevant, je lui ai fait part de mes craintes... je voulais l'envoyer en Russie auprès du comte, mais...

La duègne se troubla, pâlit.

— Il vous a appris la fatale nouvelle, la mort du comte...

La jeune femme s'abattit tout d'un trait sur le plancher, suffoquée. La Suchet, ainsi que les coupables, n'avait pu se maîtriser. Il lui eût été facile, cependant, de voir que la jeune femme ignorait tout. Mais son exclamation irréfléchie avait frappé sa maîtresse en plein cœur. Que d'illusions, que de projets, que de rêves détruits en un instant !

Revenue à elle, Antoinette interrogea sa gouvernante qui se mit à raconter par les menus détails ce qu'elle savait de cette mort. Depuis quelques jours seulement elle en connaissait la nouvelle, et si elle n'avait pas parlé déjà, c'était par délicatesse, pour ne pas lui briser le cœur tout d'un coup ; elle attendait une occasion favorable. Maintenant, la Suchet hurlait des plaintes pour faire croire à ses regrets, tandis que la jeune femme abattue, brisée, était digne en sa douleur.

L'avenir se dressait incertain, terrible. Situation étrange, poignante, que celle de cette pauvre jeune mère sans enfant qui, n'ayant eu ni la force ni l'énergie de résister à un mouvement d'orgueil et aux obsessions d'une créature infâme, devait assurer l'existence d'une fille qui passait pour sienne ! Et que faire de cette fillette déjà grande ? Cette question demeurait sans réponse bien que souvent posée. On ne pouvait pas ne pas s'intéresser à elle, d'autant plus qu'elle était gentille avec sa petite figure chiffonnée et ses deux grands yeux noirs intelligents. Puis elle était distin-

guée en son costume de demi-paysanne, avec son air
étrange et sans âge, sa tournure dégagée et ses allures
vives. En la voyant, à Auteuil, les ouvriers disaient :
— Elle a du sang d'artiste dans les veines!

Mlle d'Alboise s'attacha davantage à Zizi, tout en
maudissant sa présence. Elle eut une affection plus
marquée, plus apparente, les vieux Ramel la lui con-
duisaient plus souvent que par le passé. Son cœur
avait besoin de consolations et elle demandait ces consolations à l'être qui enchaînait sa liberté et lui rappelait une faute dont elle mesurait maintenant toute
l'étendue. Elle songeait, et des sentiments bien divers
se disputaient son cœur meurtri. En sa solitude, elle
se prenait à désespérer de la vie ; elle eût voulu en finir.
Alors elle se souvenait de Fernand qui l'avait aimée, qui
l'aimait peut-être encore, mais qui ne devait plus être
que son ami. Elle l'avait exigé ainsi. Et cependant,
malgré tout, il aurait peut-être persisté dans son
amour et, l'ayant épousée, elle eût été heureuse !
Tout cela, elle se le disait avec l'intention d'appeler
Fernand, de le consulter, de s'en remettre à lui. Mais,
tout aussitôt, des remords tourmentaient sa conscience.
C'est que ses aveux n'avaient pas été complets et elle
craignait que Fernand ne lui pardonnât pas. Sa vie
n'était donc qu'une lutte perpétuelle.

Quant à la Suchet, dont les larmes avaient fini par
sécher, elle cherchait dans l'exécution de son plan le
moyen de greffer une nouvelle ignominie sur le secret
qui retenait la jeune femme sous sa dépendance. La
mort du comte avait tari pour elle une source de bé-

néfices inépuisables. Son jeu avait été double : Elle
avait trahi Antoinette ; Nicolas avait généreusement
soldé sa trahison. Cette duègne de malheur avait
trompé sa maîtresse et inventé une substitution d'enfant pour enchaîner l'avenir et s'enrichir par sa dupli-
cité. Devenue libre par la mort de sa fille, son ancienne
élève lui eut échappé bien certainement et elle voulait,
par un secret terrible, détruire tout esprit, toute tentative, toute velléité de révolte. La mort du comte
l'avait surprise, il est vrai, mais si cette mort avait
porté un coup funeste à son escarcelle, celle de la
comtesse était survenue tout à point pour rétablir
l'équilibre dans ses affaires.

Cette femme aimait. Une passion, sur le retour de
l'âge, s'était emparée de cette gouvernante efflanquée,
véritable haridelle dont les joues sèches ainsi qu'un
parchemin semblaient plutôt destinées à porter l'empreinte d'une clause testamentaire que d'une déclaration d'amour. Le marquis lui agréait fort, ce marquis
galant, gentilhomme dépravé dont l'inattention, le
dédain, avaient surexcité ses sens. C'est que soit à
Alboise, soit à Pétersbourg, soit en Italie et aussi à
Paris, elle avait vu l'amour de si près, que l'envie lui
était venue, à elle aussi, de mordre à longues dents ce
fruit magique de toutes les saisons que la nature paraissait l'avoir condamnée à ne jamais approcher de
ses lèvres ridées. Les événements, enfin, la favorise-
raient-elle ? Antoinette, par son secret, était sous sa
loi ; elle accaparerait le marquis par la famine. Henri,
en effet, avait fréquemment fait appel à la généro-

sité, à la bonne volonté de sa sœur, mais un moment qui n'était pas éloigné viendrait où elle ne pourrait plus faire face à des emprunts si précipités ; alors, elle, la Suchet, saurait adroitement mettre son pécule à la disposition du marquis ; ce serait son tour et le reste la regardait.

Evidemment, la situation était profondément modifiée. Toute illusion était impossible. Antoinette, en présence de la vie qui lui était faite, prit une résolution. Elle voulait rompre avec les souvenirs d'un passé trop douloureux ; elle reparaîtrait dans le monde qu'elle avait absolument déserté depuis quelques années, c'est-à-dire depuis son voyage en Russie. Elle était à l'âge où la femme est la plus séduisante et dans tout l'épanouissement d'une beauté mûre que le temps, durant de longues années, serait impuissant à marquer d'une empreinte indélébile. Son succès fut grand et doucement, dans le noble-faubourg, on lui reprochait de s'être tenue éloignée des salons bien qu'on respectât, cependant, sa piété filiale qui lui avait imposé un si long deuil. Elle avait retrouvé les amis de sa famille et un accueil si sympathique, qu'elle regrettait réellement de s'être tenue si longtemps à l'écart. Et, cependant, elle avait un mentor dont la réputation pouvait lui aliéner certaines personnes, toujours prêtes à se dire plus royalistes que le roi. Il n'en fut pas ainsi. On savait bien qu'une jeune fille ne pouvait se présenter seule dans le monde et on trouvait tout naturel, qu'à défaut de mère et de mari, elle se fît accompagner par son frère. On espé-

rait, même, que le marquis, las de la vie tapageuse
qu'il avait si scandaleusement menée pendant quelques années, se « rangerait. »

Les relations mondaines de Mlle d'Alboise ne lui faisaient point oublier Zizi, pour laquelle elle avait toutes
les sollicitudes, toutes les tendresses d'une vraie mère.
Elle souffrait, même, lorsque n'écoutant que son
cœur et toute prête à couvrir la chère petite de ses folles
caresses, elle se voyait contrainte de compter avec les
convenances, d'imposer silence à ses sentiments,
prêts à éclater : il ne fallait pas qu'elle fût soup-
çonnée. Parfois, elle se disait qu'elle était libre, bien
libre, que cette enfant n'était pas elle ; alors, sans
contrainte, elle caressait Zizi, la mangeant de baisers,
jouant avec elle ainsi qu'une chatte qui retrouve ses
petits. Et les vieux Ramel, souvent témoins de ces
rages de tendresses ou d'une froideur calculée, ne
pouvaient comprendre une semblable conduite.

En reprenant sa place dans la société, Antoinette
n'avait eu en vue que des distractions anodines sus-
ceptibles d'amener, à la longue, un peu de repos en
son cœur troublé. Elle n'avait pas songé qu'avec le
repos et la tranquillité arriverait aussi le raisonnement qui lui montrerait la vie sous son véritable jour
avec toute la brutalité de la réalité. Elle n'avait pas
réfléchi, non plus, qu'on se demanderait comment
une femme jolie, riche, noble, ne se mariait pas.
Tout cela ne lui était pas venu à l'esprit. Le passé
était trop douloureux pour qu'elle y pensât souvent et
elle voulait, elle souhaitait un présent calme et dé-

gagé des préoccupations amères qui pouvaient la contraindre à envisager l'avenir.

La Suchet veillait. Les prétendants ne manquaient pas et Mlle d'Alboise résistait aux offres réitérées de ses connaissances. A Paris, une jeune fille ne pouvait vivre seule ; les convenances s'y opposaient. Puis son frère était un chaperon compromettant qui pouvait disparaître d'un moment à l'autre. Alors, que ferait-elle ? Et la duègne, renchérissant sur ces conversations matrimoniales, s'appuyait toujours sur d'excellentes raisons afin de vaincre les scrupules de sa maîtresse.

— Pourquoi ne pas écouter les propositions flatteuses que vous apportent vos amis ? disait-elle.

Mais la jeune femme ne pouvait se résoudre à entendre parler mariage. A l'aide d'un subterfuge, elle avait espéré épouser le comte Slikoff qui légitimait une situation ; aujourd'hui, avec une enfant qui n'était pas la sienne, elle n'était pas libre. On pouvait l'excuser d'avoir tenté de tromper Nicolas, le but était avouable ; actuellement tout s'opposait à un pareil projet. Mais la gouvernante continuait :

— Vous êtes trop jeune pour enterrer votre vie que les méchantes langues ne manqueront pas d'attaquer tout comme si vous y donniez prise. Le monde est un tyran qui ne comprendra pas vos raisons, ne les admettra pas... Vous avez été fidèle au comte, le comte n'est plus, sa mort a effacé la faute !

La jeune femme répondait douloureusement :

— Vous êtes heureuse, vous, avec votre morale facile !

— Dame! avec certain passé, la morale...

— C'est vrai, murmurait tristement Antoinette dont la conscience se révoltait en face de tant de cynisme.

Elle n'osait cependant protester et secouer le joug odieux sous lequel elle baissait la tête.

— Je parle dans votre intérêt, reprenait la Suchet. On ignore votre passé, mais il est possible, probable même, qu'on cherche une explication à votre conduite si peu naturelle et, alors, si un coin de la vérité apparaît, ce sera pour permettre aux exagérations de se faire jour. Quelle sera votre vie ?

Lassée, écœurée, la jeune femme répondit :

— Mais... et Zizi ?

Alors la confidente se mit à ourdir une trame nouvelle. On ne mentirait pas. Cette enfant n'était pas sa fille, en somme ; elle passait pour la nièce des Ramel, il serait donc facile, avec de l'argent, de tout concilier.

Cela révoltait Antoinette qui refusait d'abandonner une enfant dont la situation était fort intéressante, situation dont elle n'était point responsable... Eh, bien! on ne l'abandonnerait pas! Comment? On verrait et on ne mentirait pas. Elle connaissait, la duègne, un prétendant bien amoureux de Mlle d'Alboise qui adopterait Zizi, accepterait tout ce qu'on voudrait. C'était un si excellent homme que M. Agénor de Baratte, un vrai comte aussi que Mme de la Ferme patronnait. M. de Baratte la rendrait bien heureuse...

Ces considérations sans fin troublaient la jeune femme qui murmurait : « Celui-là ou un autre, si je dois

me marier, qu'importe ?... » Et malgré tout ses scrupules s'emparaient de nouveau d'elle, mais elle était
bien incapable de résister aux obsessions qui l'assail-
laient chaque jour. Puis elle craignait qu'un refus
obstiné de sa part n'amenât un éclat et ne poussât
son ancienne institutrice à tout dévoiler. Cette frayeur
lui imposait !

Mlle d'Alboise, malgré les aspérités de la vie auxquelles elle avait laissé de nombreux lambeaux de ses
illusions, était restée quelque peu romanesque. Lassée,
affaissée, elle ne luttait plus, s'appliquant à faire taire
les velléités de révolte de sa conscience, devant le
mensonge perpétuel auquel elle semblait condamnée.
Elle s'efforçait d'ailleurs de se donner à elle-même le
change en redoublant d'affection pour le petit être que
la Providence avait désigné pour remplacer son enfant et elle puisait une sorte de consolation dans cet
amour qui lui mettait du baume au cœur.

La Suchet avait compris combien Zizi était un pré-
cieux auxiliaire, et c'est sur la petite étrangère qu'elle
comptait pour étayer sa machination nouvelle.

Quand une fois on s'est engagé dans la voie du mensonge, dût le mensonge vous conduire au crime, on
ne s'arrête plus. Si la gouvernante se fût montrée arrogante, essayant de lui arracher par la force son consentement, Antoinette eût résisté d'avantage et tenté
de s'affranchir, dans un moment d'indignation, du
joug qu'elle subissait. Mais la Suchet était une fine
mouche qui ne livrait rien au hasard, attendant tout
de ses combinaisons et de sa ruse. Ses intérêts étaient

en jeu, elle ne les compromettrait pas! C'est ainsi
que par de savantes et lentes sollicitations, elle avait
amené Antoinette à écouter des propositions de mariage.

XIII

Agénor de Baratte était ce qu'on est convenu d'appeler un bon garçon. Peu intelligent, il s'était engagé dans la cavalerie ainsi qu'il sied à sa caste, et il avait modestement, péniblement gagné les galons de brigadier. L'avenir s'annonçait peu brillant pour lui ; il rentra dans la vie civile pour y marquer sa place d'inutile. Si, au régiment, il ne s'était pas distingué par ses aptitudes militaires, il avait du moins brillé par un goût exceptionnel pour la « noce ». Riche, il pouvait aisément se satisfaire et nul ne s'entendait mieux que lui à sabler le champagne qui opérait sur lui une influence fâcheuse et le grisait facilement. Il avait même, dans son oisiveté civile, donné plus de temps à l'habitude déplorable de boire : il se grisait. La gouvernante ne l'ignorait point.

Il faut cependant rendre justice à ce prétendant : il était réellement épris de Mlle d'Alboise. Chez lui, la matière avait quelque peu étouffé l'intellect, mais séduit par la beauté de la jeune femme qu'il avait souvent rencontrée chez des amis communs, il l'aurait volontiers épousée sans dot, chose qui de nos jours constitue le criterium du désintéressement et de l'amour dans le mariage.

A la suite d'une entrevue habilement ménagée entre le comte de Baratte et Antoinette, la Suchet demanda :

— Eh bien, mademoiselle, comment le trouvez-vous?

— Il a l'air d'un excellent homme!

— Qui vous aime beaucoup.

— Il ne me l'a pas dit, mais il a fait sa demande.

Alors l'ancienne institutrice recommença à dire ce qu'elle avait déjà dit cent fois et plus. Pour en finir, la jeune femme s'écria :

— M. de Baratte ou un autre, puisqu'il le faut!

Et elle ajouta avec lassitude :

— Le moyen de lui expliquer?...

— Simplement, naturellement, vous direz à M. de Baratte que Zizi...

— N'est pas ma fille, n'est-ce pas, oh oui!...

— Soyez donc raisonnable, mademoiselle, et écoutez-moi. Dieu m'est témoin que j'agis pour vous... Le temps des scrupules est passé, une décision s'impose... vous demanderez à garder Zizi avec vous... ce sera une enfant que vous aurez recueillie, qu'une amie trompée aura confiée à vos soins... Le comte vous aime, il acceptera tout ce que vous lui demanderez et plus tard, si le ciel ne bénit pas votre union, vous adopterez cette enfant et vous me remercierez alors...

Elle ajouta cyniquement, avec un éclair lubrique dans les yeux :

— Vous lui demanderez cela le soir même du mariage !

Sur un geste de sa maîtresse, elle s'arrêta. Antoinette avait résolu de parler à cœur ouvert, mais tout n'était que confusion dans sa pauvre tête. Dans ce tourbillon de pensées folles et désordonnées, Fernand Fourniol apparaissait comme le sauveur souhaité. Que ne venait-il maintenant, de son propre mouvement ? Elle eût achevé sa confession et confié sa vie au compagnon d'enfance qui, une fois, la lui avait demandée. Il l'aimait, lui aussi, et avec lui elle eût commencé une vie nouvelle digne d'effacer le passé ; il l'aurait débarrassée de la Suchet, ce mauvais génie dont elle ne pouvait repousser la fatale influence.

Tout cela elle l'eût dit à un homme comme Fernand, tout de suite ; mais pouvait-elle en rencontrer un autre dont le cœur fût aussi généreux, dont l'amour fût aussi grand, aussi noble, aussi sublime ? Pouvait-elle risquer un aveu pareil avec un homme qu'elle ne connaissait pas, et qui, l'abandonnant, trahirait peut-être le secret qu'elle lui aurait confié ? Elle ne pouvait, non plus, mander Fernand qu'elle n'avait pas voulu revoir depuis l'entrevue où il lui avait juré de rester son ami, de n'être jamais que son ami. Il serait accouru, mais aurait-elle le courage de lui résister, de ne pas se précipiter dans ses bras, de ne pas lui dire :

« Je vous ai fait bien souffrir ; je vous cache une partie
de la vérité, mais me voici, libre, je vous appartiens,
aimez-moi et pardonnez-moi ! »

Et, angoissée, sa surexcitation tombée, la jeune
femme murmura avec désespérance : « La destinée
s'acharne contre moi, la lutte n'est plus possible, la
lutte est au-dessus de mes forces, fasse le ciel ce qui
lui plaira ! »

DEUXIÈME PARTIE

Par une froide et belle matinée de décembre, vêtue de blanc, la tête ceinte d'une couronne de fleurs d'o-ranger, Mlle Antoinette d'Alboise épousa, en l'église Saint-Thomas-d'Aquin, M. le comte Agénor de Baratte. Une nombreuse et brillante réunion assistait à la cé-rémonie. Le noble faubourg apportait ses vœux et ses compliments à la jeune fille que le marquis Henri d'Alboise avait conduite à l'autel.

Antoinette était belle, bien belle, mais sa tristesse contrastait singulièrement avec le contentement de son mari. De pénibles réflexions la torturaient. Tout le passé se dressait devant elle, ce passé effacé main-tenant puisqu'elle avait changé de nom. Mais elle trompait celui avec lequel il lui fallait vivre désormais et cette pensée lui tenaillait le cœur !

La veille, à la mairie, en petit comité, elle avait été moins émue. Puis, c'était la nuit. Tandis que maintenant, en plein jour, en présence d'une nombreuse assistance, il fallait lutter contre les remords qui l'obsédaient. A certains moments, elle se sentait près de défaillir. Un évêque, ami de la famille, était venu bénir cette union et sa parole avait profondément remué les cœurs. Il avait représenté Antoinette comme une jeune fille douée de toutes les vertus, comme une jeune fille dévouée qui, demeurée orpheline, avait rompu avec le monde pour s'adonner tout entière à sa piété filiale, à ses regrets, à ses douleurs et vivre seule avec ses souvenirs. Elle aurait pu se marier plus tôt et choisir un protecteur, mais sa retraite volontaire était un sûr garant de bonheur pour ce couple et si le ciel bénissait cette union, les enfants auraient pour les guider dans la vie l'exemple de leur mère !

Oh ! elle eût voulu arrêter le saint évêque et crier bien fort : « Je suis indigne » ! le courage lui manqua. Tout ce qu'elle avait en elle de bon se révoltait ; elle avait failli, mais elle avait encore un fonds de religiosité, souvenir de son éducation première. Elle pleura et ces larmes la soulagèrent. La solennité du lieu pesait sur elle et étouffait ses velléités de rebellion. L'évêque continuait son discours. Il avait remarqué la violente émotion de la jeune femme et y fit allusion, en terminant. Dans une très belle péroraison, il présentait Antoinette comme une jeune fille exemplaire en tous points et l'offrait comme modèle à toutes les jeunes filles présentes à la cérémonie.

C'en était trop, à la fin, et trahie par son énergie, Mme de Baratte s'évanouit.

Des fatalistes auraient pu voir dans cet accident un signe de malheur. On n'y pensa pas. Mlle Suchet qui, elle, connaissait bien sa maîtresse, expliqua simplement la chose. Antoinette avait beaucoup aimé sa mère et sa mort avait fait en son cœur une plaie qui n'était pas encore cicatrisée. Monseigneur avait trop insisté sur ce sujet, voilà tout. Du reste, ce n'était qu'une indisposition, mais cette indisposition attrista une journée ordinairement consacrée aux distractions.

Rentrée chez elle, la jeune femme demanda à rester seule après avoir reçu les félicitations de la famille et des amis venus lui apporter leurs vœux et leurs souhaits de bonheur. Certaines femmes, d'un âge mûr, souriaient malicieusement en prenant congé de Baratte et désiraient le prompt et parfait rétablissement de sa femme, de sa jeune, jolie, aimable et gracieuse femme. Quelle malencontreuse indisposition en un pareil jour ! Cela passerait. Et lui riait, niaisement, serrant fortement les mains qu'on lui tendait, comme pour prouver qu'il avait compris les fines allusions de ces amies sur le retour.

En toutes circonstances la Suchet avait soigné ses intérêts et ses vues. Elle savait que le marquis avait un pressant besoin d'argent ; l'occasion lui parut favorable de mettre ses services à sa disposition. Sa sœur,

maintenant, serait moins libre pour lui venir en aide
et, de plus , son beau-frère serait probablement fort
peu disposé à augmenter la somme dont il était débi-
teur envers Antoinette. Alors, adroitement, elle offrit
un crédit qu'Henri ne refusa point. Ce jour-là, il perdait sa sœur comme bailleur de fonds et il en retrouvait un autre : rien n'était donc changé. Seulement,
si sa sœur échappait par le mariage à la dépendance
de la duègne, il en devenait le tributaire.

Le soir, Mlle Suchet avait tenu à servir de mère à
son ancienne élève et l'avait accompagnée dans sa
chambre. Ce n'était point un sentiment purement maternel qui la guidait. Au moment de perdre à tout
jamais, peut-être, son influence sur sa victime, elle
allait faire une dernière tentative. Elle jouerait son
va-tout, redoutant la faiblesse de Mme de Baratte
qui, en face d'un honnête homme, pourrait n'écouter
que sa conscience. Un aveu complet entraînerait sa
ruine et on la chasserait de la maison !

Inquiète, tourmentée, Antoinette ne se désabillait
pas. Une honte soudaine l'étreignait. Affaissée sur un
fauteuil, elle pleurait et ses sanglots, qu'elle s'efforçait
d'étouffer, soulevaient violemment sa poitrine. La
Suchet gardait le silence. C'est que, dans ces situa-
tions, un mot mal placé produit un effet désastreux et
tout opposé au but qu'on se propose d'atteindre. Et
elle attendait, anxieuse. Un bruit de pas monta tout
à coup de l'escalier.

— Il vient, s'écria Antoinette, se levant tout d'un
trait.

Et se jetant dans les bras de la gouvernante comme pour y chercher un refuge :

— Oh ! que je suis malheureuse, fit-elle en sanglotant !

Alors, d'un ton patelin, avec des larmes dans la voix, la confidente consola « sa chère enfant ». De Baratte ne viendrait pas encore ; quand elle serait descendue, seulement. Puis, pourquoi rougir ces jolis grands yeux ? Le comte l'aimait, l'adorait follement, il était heureux et il ne fallait pas gâter son bonheur. Il fallait être raisonnable, forte, bonne et tendre pour lui. Un si excellent garçon avec lequel elle serait si heureuse ! Cela dépendait d'elle. Elle ne pouvait avouer, aujourd'hui, ce qu'elle avait caché jusqu'alors, et puis, quel scandale si le comte, furieux, l'abandonnait ! Que deviendrait-elle ? Quelle serait sa vie ? « La chère enfant » n'y pensait pas ? Zizi n'était pas sa fille, on serait toujours à temps de le prouver...

La jeune femme se laissait câlinement persuader. Il était trop tard, véritablement, pour avouer. Une autre fois, quand elle serait plus calme, quand elle connaîtrait mieux son mari... Insensiblement, elle s'était soumise et la Suchet l'aidait à se dévêtir. Tout ce blanc, surtout la couronne d'oranger, la peinaient. Car il avait fallu reparaître en mariée, au dîner. Il sembla qu'elle fût plus calme, plus résignée, lorsque tous les objets qui pouvaient lui rappeler la journée néfaste eurent disparu de la chambre. Et elle sut gré à sa gouvernante d'avoir deviné son instinctive répugnance pour ce qui avait servi à la parer le matin. Ces objets étaient

10

comme les témoins de sa félonie : leur disparition fut
un réel soulagement.

— Je vous laisse, « chère enfant », dit la Suchet. A
la bonne heure! Vous voilà souriante, maintenant.
Allons, pas de folie qui vous compromette!

Elle s'arrêta. Une pensée cynique lui était venue en
voyant un sourire éclairer le beau visage de sa maîtresse dont la tête, perdue dans l'oreiller, disparaissait
dans un flot de dentelles et de cheveux noirs dénoués.
Elle admirait ce grand lit Louis XVI faiblement éclairé
par une douce lumière que tamisaient les festons des
rideaux, ce grand lit dont les draps de fine batiste aux
superbes écussons brodés, modelaient des formes sculp-
turales d'une rare perfection. Puis, ayant embrassé
Antoinette, elle quitta la chambre, murmurant avec
une confiante satisfaction :

— Si elle veut, ce bon Agénor acceptera tout! Elle
est si jolie et il est si amoureux! Et elle n'osera pas
ne pas vouloir !.

Elle pensa, aussi, au moment où elle épouserait
Henri d'Alboise réduit à merci ; elle se coucherait
aussi en un beau lit, et une couronne de marquis
serait brodée sur les draps ; elle serait de la noblesse ;
ce serait le couronnement de sa vie... Et dans la
glace qui reflétait la silhouette de la jolie jeune femme,
elle s'admirait, grimaçant un sourire sur sa face par-
cheminée de vieille fille énamourée prête à perdre sa
virginité rancie. Puis, en passant, en bas, elle arrêta
sur de Baratte son œil allumé de lubricité.

Demeurée seule, la jeune femme avait pris, une fois

de plus, une énergique et prompte résolution, sachant bien qu'elle n'aurait pas à attendre longtemps son mari. Elle avouerait tout et ainsi s'assurerait si l'amour de de Baratte triompherait de la déception. S'il l'aimait réellement autant qu'on le lui affirmait, il la protégerait, lui pardonnerait et la délivrerait de cette Suchet, son mauvais génie... Elle ne rougirait plus devant lui et, toute dévouée à sa vie nouvelle......

La porte s'ouvrit brusquement. Le comte n'avait pas frappé.

On a souvent parlé de cette première nuit qui réunit librement, légalement, deux créatures parfaitement indifférentes l'une à l'autre quelques mois auparavant et l'on en a tiré des horocospes divers. Cette nuit a-t-elle ou n'a-t-elle pas une influence réelle directe sur le bonheur du ménage ?

Certes, la situation d'Antoinette était particulière. Coupable, elle n'en était pas moins femme, et il y a de ces petits riens que les femmes ne pardonnent pas. Leur nature impressionnable exige des ménagements infinis en certaines circonstances, et une femme excusera une brutale grossièreté plutôt qu'un manque de délicatesse, de savoir-vivre, qui blesse sa suceptibilité. De Baratte entrait comme en pays conquis, ainsi qu'un soudard; elle en fut profondément vexée, bien plus, peu être, que si elle n'avait rien eu à se reprocher, car, alors, sa naïveté, son inexpérience auraient pu excuser ce manque de convenances dû à empressement trop vif. Et, à cause de sa faute même, elle fut atteinte dans son amour-propre par un pareil procédé, absolu-

ment comme si son mari, instruit de tout, la traitait
en simple fille !

Cela annihila les bons sentiments que lui avait dictés
un instant auparavant sa conscience en révolte. Elle
songea, malgré elle, à Nicolas et à sa conduite dans
les premiers temps de leur liaison. Il avait été
humble, soumis, délicat, lui, tandis que de Baratte
s'introduisait violemment chez elle. C'était son droit.
Et le mariage lui fit horreur avec ses exigences. Alors,
se pelotonnant dans son lit, elle attendit, non plus
tremblante et inquiète, mais calme, tranquille et résignée.

Agénor était épris Mlle d'Alboise. Cet ancien soldat
avait conservé ses habitudes et ses allures de garnison,
et ce rustre gentilhomme était bien incapable de tra-
duire en des phrases modérées et convenables sa
passion et ses désirs. Là où il fallait des ménagements, il n'apportait que de la brutalité. Antoinette
dit, sans hésitation :

— Ecoutez, j'ai un aveu à vous faire et de cet aveu
dépendra votre bonheur...

— Vous m'effrayez, de quoi s'agit-il ?

— De Zizi...

— Oui, oui, je sais. Mlle Suchet m'a tout raconté.
Vous voulez prendre cette enfant avec vous, n'est-ce
pas ? Eh bien, prenez-là ! Gardez-la près de vous, ce
sera une compagnie et aussi une charité !

La jeune femme avait un instant détourné la tête
puis, fixant son mari, elle essaya de lire dans ses
yeux. Agénor n'avait mis aucune acrimonie, aucune

malice dans ses paroles et il ne savait que ce que la
duègne avait bien voulu lui apprendre. Sa brutalité
avait un autre caractère. En cette longue et en-
nuyeuse journée, livré à lui-même, obéissant à son
funeste penchant, il avait bu et il s'était grisé. Et ce
fut entre deux hoquets qu'il expectora le cri tra-
duisant l'état de son cœur : « Je t'aime ! » Antoinette
avait instinctivement détourné la tête pour éviter les
baisers de cet brute en rut, et elle pensa que toute explication comme toute lutte étaient bien inutiles.
Toutes ses révoltes de conscience s'apaisèrent,
toute ses résolutions honnêtes disparurent, tous ses
aveux expirèrent sur ses lèvres ou se noyèrent dans
ses larmes. Puis, triste, découragée, résignée et sans
force, elle murmura :

— Me voilà condamnée au mensonge perpétuel !

II

Le lendemain, avec une révoltante impudence, la Suchet questionna Mme de Baratte.

— Eh bien ?

Antoinette ne pu réprimer un mouvement d'impatience et de dégoût. Et sur un ton de commandement qui ne lui était pas habituel, elle répondit sèchement :

— Mademoiselle Suchet, Zizi sera dès aujourd'hui installée ici. Elle fera partie de la famille. Prenez vos mesures pour cela et que ce soir elle ne couche pas à Auteuil !

La gouvernante ne répliqua pas. Surprise, elle ne poussa pas plus loin ses indiscrétions, bien persuadée que pour l'instant sa curiosité ne serait point satisfaite. Elle avait espéré une confidence et recevait une dure réponse, mais elle ne prit aucun souci de la sévérité excessive avec laquelle sa maîtresse lui avait parlé.

— Oh, oh ! la petite s'émancipe, nous verrons bien !
fit-elle simplement.

Les vieux Ramel qui, souvent, s'étaient formalisés
de l'espèce d'abandon dans lequel on laissait par intermittences leur pensionnaire, consentirent avec peine
à s'en séparer. Ils s'étaient habitués à cette enfant et
leur solitude prochaine les effrayait. Zizi, avec sa
nature ardente et volontaire, avait occupé leur vieillesse et ils la voyaient s'éloigner à regret. Certes, ils
avaient pensé qu'on ne la leur laisserait pas indéfiniment et ils savaient qu'un jour on la leur prendrait,
mais ce jour venu, ils ne pouvaient être satisfaits.
Puis, ils avaient toujours eu une instinctive répugnance pour la Suchet qu'ils soupçonnaient capable de
toutes les vilenies, et maintenant, atteints dans leur
affection pour la « petite », ils vouèrent à la gouvernante une haine éternelle. La duègne fut arrogante
plus que de coutume.

— Vous viendrez la voir quand vous voudrez,
dit-elle; on vous la conduira quelquefois, le dimanche !

— Oui, oui, objectait le père Ramel avec son honnête bonhomie, pendant quelques jours on nous rece-
vra : on nous l'amènera une fois, deux fois peut-être,
et ce sera fini !

— Mais non, madame est bonne et pas fière.

— Nous le savons bien. S'il n'y avait que madame
et même le nouveau monsieur qui a l'air d'un brave
homme, ça irait tout seul, mais vous?

—Tais-toi, repartit vivement la mère Ramel, ne dis

pas de sottises; Zizi leur appartient, nous n'y pouvons rien !

La Suchet, piquée au vif par ce « mais vous », brusqua les choses.

— Après tout on vous a payés, n'est-ce pas? J'emmène de suite la petite...

— Pourriez vous pas dire « mademoiselle »? vieille gueuse, interrompit furieusement Ramel.

Zizi parut, fort heureusement, coupant court par sa présence à un échange de paroles aigre-douces. Cette enfant aimait sincèrement les époux Ramel qu'elle appelait « grand-père et grand'-mère. » On lui annonça son départ; elle allait abandonner Auteuil, la petite maisonnette, pour habiter Paris; n'oublierait-elle pas ses grands-parents?

— Non, non, répliqua l'enfant, non, je reviendrai vous voir souvent. Allons, ne pleurez pas, je reviendrai, mes bons vieux !

Le père Ramel l'enleva dans ses bras encore vigoureux et la serra contre sa poitrine, répétant : « Je ne pleure pas, je ne pleure pas. J'irai te voir ! » et il embrassait l'enfant, inondant son visage d'abondantes larmes. Enfin, la séparation se fit et le vieux brave regarda s'éloigner la voiture qui emportait « son enfant ». Quand il l'eut perdue de vue, étendant le poing dans sa direction, il s'écria : « vieille gueuse! » puis il rentra chez lui comme soulagé par cette invective platonique.

Ramenée à Paris, Zizi fut complètement transformée: on en fit une véritable demoiselle. Aux simples

costumes qu'elle avait à Auteuil, succédèrent les
luxeuses toilettes qu'elle porta fort mal tout d'abord.
Non qu'elle fût paysanne au point de ne pouvoir se
mettre dans son rôle nouveau! Mais habituée à une
entière liberté, il lui en coûtait de s'observer et de se
soumettre aux exigences de la situation. Ses allures
restaient les mêmes et peu lui importait que les robes
dont on l'affublait maintenant eussent plus de prix que
celles qu'il lui était loisible, naguère, de friper tout à
son aise. C'était là un point bien secondaire, qui lui
attirait de nombreuse admonestations.

Le premier moment de mauvaise humeur passé,
Mme de Baratte ne pouvait s'empêcher de rire en
voyant Zizi, après quelques exercices de collégien,
arriver toute déguenillée. Ce qui la divertissait, surtout,
c'étaient les scènes que ces accrocs amenaient entre
l'enfant et la Suchet. Alors c'était une véritable ex-
plosion de joie. Et ces scènes se renouvelaient sans
cesse, augmentant la colère de la gouvernante et l'espièglerie de la petite.

Zizi n'avait aucune affection pour celle qu'elle considérait comme un tyran qui, lui, s'était efforcé de
vaincre par des attentions délicates, par des complaisances voulues, la répulsion de cette enfant, sans y parvenir. Puis les visites des Ramel entretenaient cette
espèce de haine instinctive.

— Le cerbère est-il là? demandait toujours le père
Ramel en embrassant son ancienne pensionnaire.

En grandissant, l'enfant terrible se civilisait, néanmoins. Les femmes sont douées d'un instinct parti-

culier qui leur permet, même parties de très bas, de
s'élever rapidement et de s'assimiler à une haute situation à laquelle la fortune les porte tout d'un coup.
Elle se déchirait moins, mais elle conservait toujours
sa nature indépendante, ses caprices et ses espiègleries
primitives sans cesse dirigées contre son ennemie « la
vieille », devenue son institutrice. La lutte était quotidienne, les brouilles nombreuses et, parfois, le pugilat
entrait pour une large part dans le programme sco-
laire de la petite sauvage plus encline aux exercices
du corps qu'aux exercices de la grammaire française.
La Suchet supportait héroïquement les avanies que
lui faisait endurer son élève et son abnégation paraissait d'autant plus grande que Mme de Baratte prenait plaisir à ces querelles et à ce bruit. Zizi était la
joie de la maison, où elle apportait une heureuse diversion dans ce ménage déjà triste qui se réjouissait de
ces turbulences souvent exagérées.

Un jour que la leçon avait été plus orageuse que de
coutume, Zizi, punie, étudiait dans un coin de la
chambre de l'institutrice qui rangeait dans un secrétaire
des liasses de lettres soigneusement réunies en petits
paquets. Une faveur vint à se dénouer et des lettres
roulèrent à terre. L'enfant abandonna son livre et son
coin, ramassa à la hâte quelques lettres et s'enfuit
suivie de la duègne qui, avec une voix de perruche en
colère, criait :

— Mes lettres, mes lettres, polissonne !

Et Zizi, riant aux éclats, entra en tempête dans le
salon où se trouvait Mme de Baratte à laquelle elle

lança la correspondance qui s'éparpilla de tous côtés.
Pendant que la gouvernante s'abattait sur le tapis pour
ramasser ses lettres, l'enfant terrible, blottie derrière
un canapé, lisait à haute voix : « Je compte sur votre
dévouement, chère demoiselle, et faites qu'Antoinette
soigne bien Zizi, notre... »

— Rends la lettre, cria vivement Mme de Baratte,
rends-la. C'est bien mal, ce que tu fais !

L'arrivée du marquis mit fin à un incident pénible et
embarrassant et la Suchet, en possession de ses mis-
sives, regagna précipitamment sa chambre.

— Encore une scène ? demanda d'Alboise.

— Que veux-tu ? Zizi ne peut supporter sa gouvernante et chaque jour il en est ainsi. Elle hait cette
femme instinctivement...

— Cela passera avec le temps !

Eh, bien ! il arrivait en un joli moment, le marquis !
Oserait-il demander ? Et cependant c'était urgent, il
lui fallait, le jour même, de l'argent. La duègne dis-
sipa ses inquiétudes. Elle avait compris la situation et
s'exécuta de bonne grâce.

Madame de Baratte était perplexe. L'enfant ques-
tionnerait-elle maintenant qu'un lambeau de phrase
avait pu jeter un peu de lumière sur le mystère dont
sa naissance était entourée ? La gouvernante parlerait-
elle ? Cette espièglerie pouvait être fort gênante et
susciter, peut-être, des explications désastreuses pour
la tranquillité de tous.

Avec son insouciance habituelle, Zizi oublia ou sembla oublier la gaminerie qui avait ému son entourage.

La Suchet devint plus affectueuse qu'auparavant; elle ne voulait pas perdre un puissant auxiliaire pour l'avenir. Et madame de Baratte ne parla jamais de l'aventure.

Cette enfant turbulente était parvenue à l'âge critique où la petite fille commence à devenir femme. Malgré elle, en dépit de son éducation tronquée, de ses habitudes indépendantes et de sa nature quelque peu excentrique, les premières atteintes de la puberté amenaient un changement notable dans ce tempérament bizarre subissant l'influence du milieu dans lequel il se trouvait transplanté.

Bien accueillie partout, Zizi s'apprivoisait.

Ses facultés et son intelligence se développaient avec rapidité. Gaie, vive, caressante, elle animait l'hôtel. Tout le monde l'aimait. Mais, parfois, ses yeux se perdaient dans le vague comme si elle avait sérieusement réfléchi. On était tout surpris de cette tranquillité peu habituelle. Dans la crainte d'une explication qu'elle voulait éviter, Mme de Baratte ne l'interrogeait pas. Elle demandait légèrement :

— Tu t'ennuies, Zizi?

— Non, petite mère, répondait l'enfant.

Et c'était fini.

III

À la mort de la marquise la terre et le château d'Alboise étaient échus en partage à Henri, l'aîné de la
famille et le seul représentant mâle du nom. Mais en
quelques années, le jeune marquis avait dissipé sa
fortune et son héritage, couvert d'hypothèques, était
à la veille de passer en des mains étrangères. Déjà la
vente avait été annoncée plusieurs fois et le moment
était proche où les créanciers s'en disputeraient le
prix.

En présence d'une pareille situation, Mme de Baratte n'hésita plus. Sa santé était loin d'être parfaite,
le climat de Paris l'éprouvait beaucoup. Elle prit la
résolution d'acquérir la terre paternelle et de tirer
ainsi des griffes des créanciers de son frère la propriété dont elle portait le nom. Là, elle serait tranquille et l'air de la campagne la remettrait.

M. de Baratte aurait préféré continuellement habiter Paris où il était plus libre et pouvait vivre absolument à sa guise. Mais on garderait le petit hôtel et, l'hiver, on y viendrait. Ses résistances fléchirent. On faisait des projets qu'on n'exécuterait point.

L'acquisition faite, le château d'Alboise revint à la vie. Une vie bien calme, bien monotone, car Antoinette, perclue de douleurs, gardait constamment la chambre. Le comte chassait, pêchait, montait à cheval. Ses chiens, ses fusils, ses engins de pêche et ses chevaux, étaient sa seule occupation. Souvent il allait à Tours occuper son oisiveté et la noyer. Le grand café de la Comédie lui tenait lieu de quartier général et le soir, étourdi, abruti, il rentrait à Alboise dans un état de douce ébriété.

Bien que sous le même toit, M. et Mme de Baratte vivaient étrangers l'un à l'autre. Cette espèce d'indifférence avait pris naissance à Paris, peu après le mariage, augmentée maintenant par la mauvaise santé de la comtesse et aussi par les tristes habitudes du comte qui, ne se contentant plus d'oublier sa raison au café de la Comédie, buvait avec ses domestiques et les gens du village, dans la première auberge venue.

Au château, la belle humeur de Zizi amenait, seule, quelques embellies de gaieté. On n'était plus au temps où une existence surchauffée, bruyante, tapageuse, révolutionnait ce coin de la Touraine. C'était, maintenant, le calme complet, une sorte de tranquillité bourgeoise avec son uniformité désespérante.

Cependant, en ce beau pays de Touraine où les châteaux sont nombreux et les châtelains riches, il y avait

de fort agréables relations que Mme de Baratte s'efforçait de maintenir. La noblesse, vu son état de
santé, lui en sut gré, ne compta pas avec elle et témoigna à Zizi, à « la petite étrangère » une sincère sympathie. Cette enfant, une jeune fille maintenant,
devait avoir un autre nom. Zizi! c'était bon pour autrefois; actuellement, on était gêné pour la nommer.
Ceux qui ne disaient plus Zizi l'appelaient Mlle Marie.

Il fallait donc prendre une détermination à ce
sujet. Cela était d'autant plus nécessaire que là, dans
une intimité de chaque jour, avec des voisins de campagne très disposés à la bien accueillir, une prompte
décision s'imposait. Zizi ne devait plus quitter Mme de
Baratte dont elle serait l'héritière pour une large part
et, dès lors, sa fille d'adoption ne pouvait plus être
considérée comme une pauvresse trouvée par hasard
et gardée par pure charité.

Mais quel nom lui donner? Il en avait été question
quelquefois dans les visites qu'on se rendait.

— Madame de Baratte, dit un jour la vieille marquise de Montancey, j'ai pensé à la conversation que
nous avons eue relativement à Zizi que, tous, nous
aimons beaucoup.

— C'est que vous la gâtez !

— Mais non, mais non. Tout le monde ici s'intéresse
à cette enfant qui est votre héritière, n'est-ce pas, et
habitera le pays, n'est-il pas vrai?

— N'ayant pas d'enfant, il est bien certain...

— Et puis, ma petite fille Thérèse qui est du même
âge s'entend très bien avec elle et je voudrais faire

disparaître cette espèce de gêne que le nom de Zizi...

— J'y ai songé, moi aussi, Mme la marquise, et je vous remercie infiniment de vouloir bien vous intéresser à cette petite sauvage. Mais quel nom lui donner ?

— Un nom du pays, chère madame, Marie Mensignac par exemple ! Quel dommage de n'y pouvoir joindre la particule ? Cela ferait si bien !

— Qu'importe ! j'accepte bien volontiers. Zizi ne consentira jamais à abandonner complètement son premier nom, et comme dans quelques années elle se mariera, l'inconvénient est moindre. Marie Mensignac, c'est très joli !

— Mademoiselle de Mensignac ! Voilà qui sonnerait bien à l'oreille ! Il m'arrivera certainement de me tromper !

La marquise de Montancey paraissait très fière de son idée. C'est qu'elle n'en avait pas souvent, cette bonne marquise ! Du reste, elle n'avait pas dû torturer bien longtemps son imagination pour en extirper ce trait de génie. Elle avait Mensignac sous la main, un tout petit village, chef-lieu de la commune dont le château et la majeure partie de la terre d'Alboise dépendaient.

Et Zizi était devenue Mlle Marie Mensignac.

La Suchet parut enchantée d'un changement qui consacrait presque officiellement les droits de son élève et la faisait maîtresse au château. C'était comme un acte d'émancipation. Elle s'était tenue à l'écart de

tout cela, se sentant mal vue ; mais elle s'était efforcée
de diminuer l'antipathie que Zizi avait toujours éue
pour elle. Et elle avait presque réussi grâce aux égards
sans nombre, aux complaisances, aux gâteries, aux tendresses même dont elle n'avait cessé d'entourer cette
enfant qui avait grandi et commençait à se rendre
compte de sa situation. Presque toujours malade,
Mme de Baratte sortait rarement et la Suchet accompagnait Zizi, remplaçant « petite mère », et une quasi
intimité avait fini par s'établir entre elles.

Mlle Mensignac avait, plus facilement qu'on ne le
supposait, accepté sa nouvelle appellation. Sa situation
s'était sensiblement modifiée et avec elle son caractère
avait subi une profonde transformation. Pour une
grande jeune fille « Zizi » tout court était peu élégant. Cependant elle pensait à ses bons vieux parents
qui l'avaient choyée au temps où elle était de trop
dans l'appartement de la rue de Varennes et elle leur
écrivait de longues et affectueuses lettres qu'elle signait
« Zizi ». Oh ! elle n'oubliait pas grand-père et grand'-
mère Ramel ; elle leur racontait que la vieille n'était
plus méchante et faisait toutes ses volontés ; qu'elle
ne la détestait plus et, alors, le père Ramel répondait
avec son style rude et franc de soldat et envoyait ses
excuses à Mlle Suchet, la remerciant de ses bontés pour
la « gamine ».

Au contact et au frottement continuel de la Société,
la jeune fille avait arrondi les angles de sa nature
quelque peu sauvage. Ce grand confortable, ce luxe
lui plaisaient. Elle était bien réellement maîtresse à

11

Alboise ; sa petite mère l'aimait sincèrement et dans
cette vie calme, heureuse, le sérieux apparaissait.

Pendant les deux années qui venaient de s'écouler,
elle n'avait songé qu'à se distraire, ne pensant à rien
de ce qui touche à la vie matérielle et en assure l'avenir. Son insouciance naturelle l'avait tenue éloignée
de toute réflexion sérieuse. Mais elle vivait, maintenant, avec des personnes du monde sur un pied de
quasi égalité, on lui témoignait de la sympathie et,
alors, elle se prit à envisager son passé et à se demander quelle était son origine et quelle serait aussi
son existence si Mme de Baratte, sa bienfaitrice, mou-
rait ou l'abandonnait. Un grand travail se fit dans
cette jeune tête où les idées les plus folles se heurtaient sans que la vérité s'en dégageât. Tout était doute
dans cet esprit né d'hier à la réflexion. Il était difficile,
impossible même, pour une enfant qui n'avait jamais
pris la peine de penser, de se mettre tout d'un coup
en présence d'une situation si compliquée et d'en
saisir le fil qui la devait conduire au but. Cela était au-
dessus de ses forces.

Néanmoins, elle cherchait à se reconnaître dans ce
dédale. Alors, remontant en arrière, elle se rappelait
les vieux Ramel qu'elle considérait encore comme ses
grands-parents; elle se souvenait des caresses tantôt
calmes et froides, tantôt bruyantes et passionnées
qu'elle recueillait rue de Varennes; elle rapprochait
la conduite actuelle de Mme de Baratte de la conduite
de Mlle Antoinette d'Alboise; elle mettait en parallèle
l'attachement des Ramel et leur facile abandon. Tout

cela, sans pouvoir comprendre. Et la scène du paquet de lettres, et la colère de la Suchet, et l'émotion de sa bienfaitrice ! Elle voyait trouble.

— Si Mme de Baratte était ma mère, murmura-t-elle un jour ?

Cette réflexion augmenta encore ses doutes. Puis, comment se renseigner ? Questionner la Suchet ? Ce serait l'indisposer peut-être et raviver une haine presque disparue. Et pourquoi questionner ? Elle était heureuse maintenant, et une indiscrétion pourrait détruire à jamais l'existence paisible et agréable qui lui était faite. Elle attendrait qu'un événement vînt à son aide; elle se résignait.

Mlle Mensignac était bien troublée et sa nature naguère si vive, si tapageuse, si indomptable, devint presque taciturne. Le caractère n'avait précisément pas changé, mais un sentiment qu'elle eût été bien impuissante à définir, s'était emparé de tout son être. Était-elle amoureuse ? Et de qui ? La pauvre enfant n'aurait pu le dire. Lorsqu'elle réfléchissait à sa situation, lorsqu'elle cherchait autour d'elle une affection sincère, quelqu'un qui, sans contrainte, simplement, librement, eût été bon, attentionné pour elle, un seul nom lui montait aux lèvres et ce nom la bouleversait ! Elle rougissait en pensant à l'absent.

Se souvenait-il d'elle, cet absent ? Là-bas, à Paris, il était bon, lui, alors qu'elle était une étrangère pour la famille et qu'il jouait avec elle. Cela, elle ne l'oubliait pas. Puis, à Alboise, à la dernière visite, il n'avait pas dédaigné de s'occuper d'elle. Par politesse peut-être ! La jeune fille se questionnait, n'osant se répondre, elle souhaitait qu'il ne vînt plus et cependant on annonçait sa prochaine arrivée. Le bel officier passerait trente jours au château.

Celui qui occupait ainsi l'esprit de Mlle Marie Mensignac et était si près d'en occuper le cœur, était un jeune officier d'artillerie, un cousin de M. de Baratte. A Paris, il s'était volontiers amusé avec la petite espiègle dont l'air étrange, les caprices et l'originalité, lui causaient d'innocentes et naïves distractions. A Alboise, bien qu'elle fût plus grande, il l'avait traitée comme une enfant et, depuis tantôt deux ans, il n'avait pas beaucoup pensé à elle ; en venant, pour son congé, il n'y songeait pas davantage. Et Albert de Marne fut bon garçon comme autrefois, mais plus discret et plus recherché dans sa conversation.

Dans la naïveté de son âme, Zizi se faisait illusion. Le beau lieutenant ne lui apparaissait pas comme un fiancé ; c'était plutôt un camarade, un ami. Mais leurs entretiens, jadis si gais, si simples, si naturels, prenaient un tour sérieux, embarrassé, presque solennel. Pourquoi ? Lorsqu'ils s'apercevaient de cette gêne, ils riaient franchement et alors les questions et les réponses se pressaient sur leurs lèvres :

— Qu'avez-vous donc, monsieur Albert ? Est-ce que Mlle Marie Mensignac n'est plus Zizi ?

— Mais si, mais si...

— Eh bien, alors ? Pourquoi ne m'aimez-vous plus comme autrefois, lorsque vous me faisiez sauter sur vos genoux, là-bas, à Paris ?

— C'est que...

— Si le nom de Mensignac vous déplaît, appelez-moi Zizi, je ne m'en fâcherai pas, allez! Avec les autres, surtout avec cette vieille guenon de marquise, cela est bon puisque me voilà demoiselle!

— C'est vrai que vous voilà grande demoiselle et c'est...

— Voyons, monsieur l'officier, ne soyez pas ainsi avec moi. Vous étiez bien plus gentil lorsque vous aviez vos aiguillettes, que je jouais avec et que je vous embrassais comme ceci!...

Et la terrible enfant planta un gros baiser sur la joue du lieutenant. Elle ajouta gaiement :

— Vous m'avez fait mal avec votre moustache cirée!

— Je ne la cirerai plus, fit l'officier sans y prendre garde et en s'éloignant un peu.

— C'est donc bien mal ce que j'ai fait, dit-elle en baissant la tête?

— Non, non, Zizi, mais...

— Mais?...

Il se rapprocha et dit vivement :

— Mais je vous le rends!

Le lieutenant serra la jeune fille contre sa poitrine. Puis, côte à côte, ils rentrèrent au château. Tous deux étaient troublés, parlaient peu, par monosyllabes, se disant : « M. Albert », « Mlle Marie », et tous deux, sentant leurs cœurs doucement agités, pensaient que ce « n'était plus la même chose » qu'autrefois!

IV

Fernand Fourniol avait succédé à son père et ainsi, tout naturellement, par la force même des choses, il avait été amené à s'occuper des affaires des de Baratte.

Néanmoins, depuis son entrevue avec Mlle d'Alboise, à Paris, il n'avait pas cherché à la revoir, s'efforçant de trouver l'oubli dans l'éloignement : maintenant, les circonstances l'y contraignaient. Certes, il conservait pour la femme qu'il avait passionnément aimée, une vive affection, mais cette affection même avait changé de caractère. Il avait ardemment souhaité donner son nom à Antoinette alors qu'il la croyait libre, mais à l'heure actuelle, elle se nommait Mme de Baratte et il ne pouvait plus avoir pour elle qu'une amitié sincère, car, dans les affolements de son amour, il n'avait, même un seul instant, pensé qu'elle pût jamais devenir sa maîtresse. Il ne l'eût pas aimée s'il l'avait crue susceptible de pareille faute et, depuis l'aveu de sa culpabilité, il y avait en son cœur comme un sentiment de pitié tendre qui lui imposait l'amitié qu'il lui avait jurée. Il ne faillirait pas à ce serment.

Et il avait repris ses habitudes et ses relations, ainsi qu'au temps du marquis et de la marquise d'Alboise, mais il n'était plus le compagnon d'enfance d'Antoinette, il était son conseil, son homme de confiance et son ami. Il était heureux, à titre de notaire de la famille, de gérer la fortune de Mme de Baratte.

— Monsieur Fernand, avait dit la jeune femme en le revoyant, vous serez pour moi, dans le présent et dans l'avenir, un ami sincère et dévoué, vous me l'avez promis... Vous ne pouviez être mon mari... et j'ai grand besoin d'une affection comme la vôtre, sûre et désintéressée !

Elle lui avait tendu la main en le regardant avec des yeux mouillés de larmes et Fernand, très ému, avait porté à ses lèvres cette main que la comtesse ne retira pas. Il répondit simplement :

— Je serai votre ami, madame, et vous n'en aurez jamais de plus fidèle et de plus dévoué !

— Oh ! merci !

Il y avait dans ce « oh ! merci ! » tant de sincérité, tant de joie discrète, que Fourniol en fut tout bouleversé. Cette femme était terriblement changée. La maladie avait ravagé ce beau visage sur lequel la tristesse étendait son voile. Il comprit qu'il y avait dans le cœur de celle qu'il avait tant aimée une plaie secrète que tous ses soins, toutes ses prévenances, toute son amitié ne parviendraient probablement pas à guérir. Oh! il s'y emploierait de toutes ses forces.

C'est qu'en effet Mme de Baratte n'était pas heureuse. Son mari, réduit à l'état de bête brute par la boisson, lui faisait horreur; sa santé allait de mal en pis et les médecins commençaient à être fort peu rassurés. A cet état des choses s'ajoutaient des préoccupations de toute nature; Zizi était sa seule consolation. Elle méprisait autant qu'il est possible son ancienne institutrice et, cependant, elle en arrivait à lui savoir gré, malgré tout, d'avoir conservé cette enfant auprès d'elle.

Le notaire, de son côté, ne pouvant rien pour la chère malade, avait reporté une part de son affection sur Zizi qui était très bonne et très attentionnée pour sa « petite mère. » Il étudiait cette nature, cherchant à y démêler la vérité. Parfois Mlle Mensignac était triste, préoccupée, rêveuse, et alors il la questionnait avec douceur et bienveillance; mais la jeune fille, bien qu'elle se sentît en confiance avec lui, n'avait fait aucun aveu. Une sympathie réciproque les avait rapprochés et leur haine pour la Suchet avait encore augmenté cette sympathie. La jeune fille l'appelait son « vieil ami. »

Une fois Fourniol la trouva plus inquiète, plus triste que de coutume. Ses yeux étaient rouges; elle avait pleuré. Ce jour-là, il y avait eu au château une consultation. Le pronostic était mauvais. Frappé de cette coïncidence, il l'interrogea.

— Voyons, vous devez avoir une confidence à me faire, n'est-ce pas?

Troublée par l'assurance du notaire, elle ne répondit pas.

— Il faut que vous parliez, reprit-il. Vous savez que je vous aime beaucoup et que je ne veux que votre bien. Il me faut une confession complète. Je puis vous rassurer, vous aider. Allons, un peu de franchise. Est-ce seulement la santé de Mme de Baratte qui vous trouble ainsi? ne vous effrayez pas, nous sommes seuls, mais allons dans le parc, nous serons plus libres !

Et il fixa la jeune fille qui, malgré ses efforts de paraître calme, se mit à pleurer. Alors Fourniol lui parla sur un ton affectueux et paternel pour la tranquilliser. Il l'appelait « son enfant, » lui disait de répondre en toute sincérité ; il était un ami qui ne l'abandonnerait pas. Zizi prit son bras :

— Sortons, fit-elle simplement.

Le grand air la calma un peu. Ils marchaient en silence. Elle voulait parler, avouer les sentiments qui tourmentaient son cœur et son esprit, mais elle n'osait. Cependant elle rompit ce silence gênant et s'arrêta juste à l'endroit où elle avait échangé un baiser avec le lieutenant, ce baiser qui avait si profondément remué tout son être.

— J'ai grande confiance en vous mais, je vous en conjure, ne vous moquez pas de moi.

— Non, non, chère enfant, je ne me moque pas de vous. Je vous aime comme un ami, comme un protec-

teur déjà vieux. Parlez sans crainte ; je comprends
vos peines, vos chagrins, et si je peux, je vous aiderai
à réaliser un rêve, un projet, un secret... n'est-ce
pas ?

Zizi sauta au cou du notaire. Elle avait un secret,
en effet, et maintenant que lui, le « vieil ami », l'avait
deviné, elle n'avait rien à cacher. Elle parlait, parlait, s'arrêtant parfois comme pour juger de l'effet de
ses confidences. Elle aimait beaucoup sa petite mère,
mais sa petite mère était bien malade et un malheur
prochain pouvait changer sa situation au château ;
elle redeviendrait la petite étrangère d'autrefois, exposée aux caprices de cette brute de comte qui déjà...

Elle cacha un instant son visage dans ses mains, puis
elle reprit avec plus d'énergie :

— Oui, oui, cet ivrogne me fait horreur... C'est lui
par ses poursuites, par ses propos indécents, qui m'a
fait apercevoir que je n'étais plus une enfant et que la
sympathie que j'avais au fond du cœur pour un jeune
homme était autre chose...

Son hésitation reparut, mais Fernand vainquit ses
scrupules. Elle continua. Son cœur avait parlé, malgré
elle, et maintenant, en face du présent qui allait lui
échapper, de l'avenir qui devenait incertain, elle pensait à celui qui, peut-être, probablement même ne se
souvenait pas d'elle... Voilà pourquoi elle était triste,
aujourd'hui plus que les autres jours, parce que petite
mère lui avait fait des recommandations comme si
elle allait bientôt mourir !...

Mlle Mensignac ne faisait pas connaître le fond de

sa pensée en disant que « très probablement » celui
qui occupait son cœur ne se souvenait pas d'elle, mais
elle forçait ainsi le notaire à éclaircir ce doute si réellement il connaissait son secret. Il la tranquillisa de
son mieux. Mme de Baratte n'était pas, grâce à Dieu,
aussi malade qu'on le supposait et déjà on avait pensé
à elle, à son avenir, de toute façon. On ne la laisserait
pas seule, comme une étrangère, et un beau jeune
homme qui l'aimerait bien et qu'elle ne détesterait
pas, serait un jour son mari si elle y consentait !

— Oh ! j'y consens, s'écria la jeune fille avec douceur, mais lui ?

Fourniol sourit ; elle, fronça le sourcil.

— Ne vous fâchez pas. Croyez-vous que nous ne con-
naissons pas votre secret ? Albert a parlé et vous, on
vous a devinée !

Zizi devint pourpre et ne dissimula plus sa joie.

— Petite mère est si bonne ! murmura-t-elle, atten-
drie.

Ces mots partaient bien du cœur et le notaire se
demanda si cette enfant connaissait réellement son
origine. Mais elle, comme tranquillisée par l'explication qu'elle venait d'avoir avec Fourniol, le remercia
gaiement et rentra au château tandis que lui demeurait tout bouleversé. Il savait que la maladie de
Mme de Baratte s'aggravait tous les jours et que ce
n'était plus qu'une question de temps ; puis, connaissant le testament de la comtesse, la demi-confidence
de l'enfant à l'égard du comte l'effrayait. Jusqu'où
de Baratte avait-il poussé la bestialité ? Et cette jeune

fille lui était confiée par testament ! Parlerait-il ? Il le
désirait, mais Mme de Baratte était trop malade et
avait trop souffert pendant sa vie pour qu'on vînt
encore attrister ses derniers moments. Il n'oserait
jamais provoquer une pareille explication ! Et il se
tut, se disant qu'il serait là, lui, pour défendre et
protéger cette enfant qui mettait toute sa confiance
en lui.

V

Mme de Baratte en était arrivée à la période aiguë de la maladie, à cette période où l'on doit prévoir un malheur, où l'on ne peut espérer qu'un soulagement passager, si une forte réaction vient à se produire. Maintenant, les secours de la science paraissaient bien inutiles. Seule, la nature aurait été capable d'agir efficacement.

Elle devait se montrer impuissante.

On avait consulté tous les médecins de la contrée et leur opinion était unanime : ils condamnaient la malade. Mais s'ils voyaient un dénouement fatal et prochain, tous ne professaient pas le même avis sur le caractère de la maladie et la façon de la traiter. L'un d'eux, le docteur Bellille, plus habile ou moins crédule que les autres, avait remarqué certains symptômes qui le surprenaient, mais ses confrères n'avaient point compris ses allusions déguisées. Dès lors il avait

insisté pour qu'on fît venir de Paris un spécialiste
pour les maladies de femme.

A cette époque, à la suite d'un concours qui avait
fait grand bruit dans le monde médical, un jeune
homme, le docteur Picard, venait de s'élever au premier rang parmi les célébrités. On le manda et une
nouvelle consultation eut lieu — la dernière.

Le docteur Picard, tout comme ses confrères, con-
damna Antoinette. Le résultat final était assez prochain, mais il voulut se rendre compte du mal qui
emportait la comtesse et l'étudier sous toutes ses
phases.

Avec sa sûreté de coup d'œil habituelle, il décou-
vrit que cette femme, encore jeune et vigoureuse,
souffrait depuis de longues années d'un mal dû à une
cause spéciale.

Ayant quitté la chambre, il s'en ouvrit à ses confrères. Tous jetèrent les hauts cris. Pour un peu, ils se
seraient signés. Seul, M. Bellille avoua ses soupçons :
il avait dû abandonner une pareille idée tant on
l'avait combattue. Il est vrai qu'il n'était pas le médecin habituel de Mme de Baratte.

— Je n'affirmerais pas la chose, disait le docteur
Picard, un simple examen ne suffit pas pour cela. Il
faudrait interroger la malade, l'examiner longuement,
mais j'affirme, messieurs, que toutes les apparences
me donnent raison. A l'aide de certains indices que
j'ai déjà remarqués, j'observerai encore et peut-être
arriverai-je à vous convaincre de l'exactitude de mon
assertion !

La Faculté étonnée se consultait. Elle était perplexe devant les affirmations du jeune docteur.

— Ces jeunes gens ne doutent de rien et croient tout savoir parce qu'ils ont brillamment soutenu une thèse d'agrégation, disaient les vieux purgons de la contrée.

— De ce qu'il a inventé un système pour bien faire naître les enfants, il se croit infaillible !

— Avec ça qu'il est fameux son système d'inversion, ajoutait un jeune médecin dont la spécialité consistait à faire des ballons pour les communes bien pensantes, j'ai voulu l'appliquer une seule fois et j'ai tué la mère !

La conversation continuait sur ce ton-là. Ces spécialistes, ils étaient surprenants ! La belle affaire d'avoir une spécialité. Il aurait fallu les voir exercer à la campagne où il faut connaître toutes les maladies et toutes les traiter ; voilà qui était réellement difficile. On était spécial en tout, simplement, tandis qu'à Paris un médecin ne soignait qu'une seule maladie. M. Picard faisait le malin parce qu'il avait une réputation d'accoucheur émérite, mais ce n'était pas la peine d'être aussi fier que ça. Il accouchait une femme, bien ou mal, puis c'était un autre médecin qui prenait la suite et voyait la malade. Était-ce donc si malin ? Mais eux, là-bas, ils accouchaient et continuaient leurs soins à la mère et à l'enfant !

Bref, la province l'emportait sur Paris.

Ce n'était cependant pas le pronostic du docteur Picard qui avait si fort mécontenté ses confrères du

pays, c'était plutôt ce qu'ils considéraient comme une
atteinte grave à la réputation d'une femme que tout
le monde vénérait. Voilà, surtout, le mobile qui avait
déchaîné les animosités contre le Parisien pendant
que celui-ci s'était retiré avec M. Bellille.

Aussi bas qu'elle fût, Mme de Baratte avait conservé toute sa lucidité. Elle se voyait partir, petit à
petit, sans se plaindre. On eût dit qu'elle attendait
la mort comme un soulagement depuis longtemps
souhaité. Sa faiblesse augmentait et c'était pour elle
comme un avertissement. Aussi avait-elle fait ses recommandations. Zizi avait pleuré avec elle en l'entendant dire à la Suchet : « Mademoiselle, je vous
pardonne, puisque Zizi est près de moi ! » Et Zizi
pardonnait aussi à la duègne qu'elle avait tant
haï.

Le docteur Picard parut et s'approcha de la malade. Il l'ausculta et par des attouchements à peine
sensibles, il chercha à éclaircir ses doutes. Un léger
sourire plissa ses lèvres.

— C'est fini, n'est-ce pas, docteur ?... demanda
faiblement Mme de Baratte.

— Mais non, mais non, madame, fit M. Picard en
baissant les draps, mais non !

Et se rapprochant du comte qui causait avec
M. Bellille au bout de la chambre, presque sur le pas
de la porte, il lui posa nettement cette question.

— La comtesse n'a-t-elle jamais eu d'enfants ?

Ahuri, de Baratte regarda tout autour de lui, sans
répondre.

Le docteur réitéra sa question.

— Non, dit le comte, ma femme était jeune fille quand je l'ai épousée !

— C'est bien étrange ! Cependant...

— Je vous répète, monsieur, que Mme de Baratte n'a jamais eu d'enfant, oh non ! Du reste posez-lui la question...

Le cas intéressait au plus haut point la médecine toute entière puis que, par des remèdes énergiques, on pouvait prolonger la vie de la comtesse ; mais, en son état, on ne devait employer ces remèdes qu'avec certitude.

Il fallait un aveu. M. Bellille fit à son jeune confrère un signe d'encouragement. M. Picard hésitait, effrayé des résultats qu'une pareille demande pouvait amener : le comte l'y contraignit. Il voulait savoir, lui aussi ; après tout cette Zizi qu'on lui avait imposée... Il pressait le docteur, maintenant. Puis, prenant Zizi par la main, il la fit placer à côté de M. Picard qui, se posant bien en face de la malade, demanda :

— N'avez-vous jamais eu d'enfant, madame ?

Ce fut un instant solennel. Tout le monde était là, haletant. Qu'allait répondre la pauvre femme ? Zizi, blanche comme un linceul et près de défaillir, fixait ses yeux sur ceux de sa bienfaitrice, y cherchant la vérité. Le comte, surexcité, attendait. Quant à la comtesse, elle promenait ses regards effarés, puis fixant Zizi, elle s'écria avec toute la force qui lui restait :

12

— Non... jamais... monsieur !

Antoinette venait de prononcer son dernier mensonge.

Quelle était donc la mère de Zizi ?

Mlle Mensignac se mit à sangloter. Elle avait pensé,
la pauvre enfant, que Mme de Baratte devait être sa
mère et qu'à l'article de la mort elle devait être aussi
l'objet de ses préoccupations les plus vives et les plus
légitimes. Mais non ! Rien dans le langage de la mo-
ribonde n'a trahi ce secret. A-t-elle dit la vérité ? On
ne ment pas, en cette heure terrible, où la peur de la
mort effraye les plus braves et ramène les plus scep-
tiques à de meilleurs sentiments. Elle ne peut être sa
fille puisque la comtesse n'a jamais eu d'enfant et ces
mots : « non, jamais, monsieur ! » répondus nettement au docteur Picard, résonnent encore à son
oreille comme le glas funèbre qui annonce que tout
est fini, que le doute comme l'espérance ne sont plus
possibles.

Cette enfant était bien disposée, cependant, à aimer
Mme de Baratte, à lui prodiguer en ces heures dernières cette affection sincère et sans contrainte qu'elle
n'avait pas connue encore. Elle aurait voulu pleurer
avec abandonnement sa véritable mère et non plus
seulement « sa petite mère », sa bienfaitrice, mais en
somme une étrangère. Et elle eut rattrapé en quelques
instants ces années perdues pour la piété filiale et
vécues parmi des indifférents. Elle était certainement
reconnaissante du bien qu'on lui avait fait, mais son
cœur, mis un instant à la torture et prêt à trahir une

joie si longtemps contenue, avait été glacé par les
dernières paroles de la comtesse.

A ce découragement succèda une espèce de prostration.

Il fallut emporter de la chambre Mlle Marie Mensignac.

Uus fois seule dans son appartement, la réflexion
vint et elle se prit à envisager avec plus de calme sa
situation présente et son avenir. Elle s'efforçait de
classer, de coordonner les souvenirs du jeune âge et
les choses qui l'avaient fort peu frappée autrefois. Il lui
fallait maintenant déchirer le voile épais qui jusqu'à
présent lui avait dérobé la vérité. Mais elle était bien
jeune pour se trouver, tout d'un coup, aux prises avec
de pareille incertitudes. La Suchet comprit et lui témoigna, en apparence du moins, une grande sympathie. Elle espérait que la jeune fille l'interrogerait
pour calmer ses doutes et éclaircir enfin le mystère
qui l'enveloppait. Zizi, abattue et plongée dans ses
réflexions, demeurait impassible. La gouvernante
rompit le silence, s'efforçant de tranquilliser cette enfant si cruellement éprouvée qui répondit simplement :

— Si M. Fourniol est au château, priez-le de venir
me voir.

Le notaire était là, en effet, et se rendit aussitôt auprès de sa petite amie.

— Eh bien ! fit tristement Zizi en l'apercevant, tout
est donc fini ? Et vous, mon vieil ami, vous devez avoir
une confidence à me faire, maintenant ?

M⁰ Fourniol fixa la jeune fille, cherchant à lire dans sa pensée.

Elle était calme et ce calme l'inquiétait. Il redoutait un interrogatoire que les événements rendaient naturel mais qu'il voulait éviter. Il se reprit vivement:

— Écoutez-moi, chère petite... Mme de Baratte vous aimait beaucoup et vous perdez en elle le meilleur de vos soutiens...

— Et vous?... car je n'ai plus que vous qui m'aimez un peu...

— Chère enfant! je vous aimais déjà, mais le malheur qui vous atteint augmente mon amitié. Je vous aimerai doublement... pour elle et pour moi,.. je veillerai sur vous et ne vous abandonnerai pas... mais votre bienfaitrice avait des droits que je n'ai pas... Soyez sans crainte, votre avenir est assuré...

— Qui sait?

— Je vous l'affirme. La comtesse a fait un testament qui ne sera ouvert que demain.... vous serez riche, libre, et si votre cœur ne change pas avec la fortune...

— C'est mal, ce que vous dites là...

Et la jeune fille s'appuya contre la poitrine du notaire bien ému, lui aussi.

Il reprit:

— Ne pleure pas, chérie, embrasse-moi, moi le vieil ami... Sais-tu, vilaine gâtée, que tu auras deux cent cinquante mille francs et que tu seras heureuse... car je veux que tu sois heureuse, entends-tu bien... Tu te

marieras selon ton cœur... Il faut que l'avenir soit fait
pour toi de bonheur... de ce bonheur que tu n'as pas
connu... Je veux que tu trouves une véritable affection,
l'affection que tu mérites et qu'on ne pouvait ouvertement te témoigner... Je veux...

— Vous êtes donc mon père, fit vivement Zizi embrassant Fernand avec effusion... Oh! avouez-le, et
que je puisse aimer quelqu'un, enfin! Vous vous taisez?
Je vous en conjure, faites cesser mes doutes, éclair-
cissez ce mystère qui entoure ma naissance...

— Non, non, reprit le notaire, je ne suis pas votre
père...

— De qui suis-je la fille, alors? Je suis une fille
recueillie par charité, n'est-ce pas? et trouvée sous
le porche d'une église, enveloppée d'une loque... Je
suis la fille de quelque mendiant... Eh bien, je ne veux
pas de la fortune d'une étrangère et demain je le
crierai bien haut..

— Ne faites pas cela...

— Alors dites-moi la vérité, vous, mon ami! Il y a
un instant, votre cœur parlait et j'ai cru que vous étiez
mon père... je me trompais, n'est-ce pas? Oh! pourvu
que ce ne soit pas le comte!

La jeune fille cacha son visage inondé de larmes.

—Cet ivrogne... oh! quelle honte! Non, n'est-ce pas,
ami, non, ce n'est pas lui... dites-moi que ce n'est pas
mon...

— Ce n'est pas lui, s'écria Fernand!...

Alors la jeune fille se dégagea et se mettant résolument en face du notaire :

— Merci... merci... fit-elle! mais... ma mère?

— C'était elle!

Fourniol sortit précipitamment, vaincu et à bout de forces. On lui avait arraché un aveu et il ne croyait pas avoir fait un mensonge.

VI

L'attitude correcte, presque fière de Zizi, fut très remarquée. En sa douleur calme, réfléchie, résignée, elle
imposait. Le noir lui seyait à merveille. La pâleur de
ses traits tirés et fatigués par l'insomnie, ses grands
yeux noirs bistrés et battus, ajoutaient à sa distinction
étrange. Dans la foule, foule bien mélangée de
paysans, de fermiers, d'ouvriers, de noblesse, on répétait :

— Bien sûr, elle a du sang de monsieur dans les
veines !

Et la pauvre jeune fille était bien inquiète, dans son
impuissance à démêler le sentiment qui devait guider
son cœur. Le doute la torturait. Mme de Baratte, à
ses derniers moments, ne l'avait pas reconnue pour
sa fille et le notaire en qui elle avait une confiance
entière, aveugle, alors que le cadavre de la chère
morte n'était pas encore froid, affirmait qu'elle était

bien sa mère! Lequel mentait ou blasphémait? Elle
n'osait le décider, et depuis vingt-quatre heures elle
s'était perpétuellement posé la question.

Maintenant, à l'issue de la triste cérémonie, dans le
même salon où, un instant auparavant, les amis de la
famille, les gens du château et du voisinage lui avaient
apporté leurs compliments de condoléance, maître
Fernand Fourniol, drapé dans la dignité de ses fonc-
tions notoriales, déchirait officiellement l'enveloppe
contenant le testament que la comtesse lui avait confié.
On était peu nombreux. Un silence de tombe régnait,
sorte d'anxiété qui desséchait tous les gosiers et allait
présider à la lecture de ce document posthume gros de
joies dissimulées ou de désillusions profondes.

Le notaire commença :

« Je donne et lègue à Henri, marquis d'Alboise,
mon frère, une somme de deux cent mille francs :

« Je donne et lègue à la commune de Mensignac
une somme de dix mille francs.

« Je donne et lègue à Mlle Zizi, dite Marie Mensignac,
enfant que j'ai recueillie dès son plus bas âge et à laquelle je n'ai cessé de m'intéresser, la somme de deux
cent cinquante mille francs à prélever avant tout partage sur ma succession.

« Je confie cette orpheline à mon mari et le prie de
veiller sur elle, de même que si elle était son enfant.
Je le prie aussi de la laisser se marier selon son cœur,
bien librement.

» Ces différents legs distribués, le surplus de ma
fortune appartiendra à M. Agénor de Baratte, mon
mari que j'institue mon légataire universel.

« Je serais, en outre, heureuse que mon mari voulût
bien donner un souvenir à M. Fernand Fourniol, notre
ami et notre conseil. »

C'était tout.

La lecture d'un testament a quelque chose de triste,
de solennel, et cette espèce de solennité attachée à
des dernières volontés amène un profond recueille-
ment que les préoccupations les plus diverses ne sau-
raient chasser. La satisfaction, pas plus que la déception, ne peuvent librement se manifester. On cède aux
convenances qui refoulent, momentanément du moins,
les sentiments que vous dicteraient une attente mal
satisfaite ou un rêve réalisé. L'angoisse de la cupidité
vous étreint pour ne vous laisser librement respirer
qu'une fois la corvée finie.

Zizi avait écouté, silencieuse, triste, baissant la
tête, sachant bien qu'elle serait l'objet de la curiosité
de tous. Calme, elle avait à peine remercié du regard
le notaire à l'appel de son nom. Elle connaissait, depuis la veille, le chiffre exact de son legs qu'elle acceptait maintenant comme chose due. Ayant foi en la
parole de Mᵉ Fourniol, elle ne pouvait être surprise. Mais, en retour, la surprise avait été grande de
la part de ses co-légataires qui se crurent néanmoins
obligés de la féliciter. A ces félicitations froides, guin-
dées, toutes de convention, elle répondait simplement :

— Petite mère était si bonne !

Une chose peinait la jeune fille : elle était confiée à de Baratte, cette brute qui lui répugnait ! Mais, tout aussitôt, l'allusion à son mariage lui remettait du baume dans le cœur. Oh ! oui ! elle était bien bonne petite mère, qui n'avait pu lui avouer sa naissance mais qui la justifiait par ses dernières attentions ! Il avait raison M. Fourniol, le vieil ami, c'était bien sa mère ! Et alors, elle pleurait la comtesse, Antoinette d'Alboise sa mère, et elle se reprochait de ne pas l'avoir aimée davantage, de n'avoir pas laissé son cœur l'abreuver de ces caresses tendres et passionnées qui lui eussent arraché un aveu. Ensuite, comme elles auraient pleuré ensemble, dans les bras l'une de l'autre, comme une mère qui retrouve sa fille dont la possession lui était interdite, comme une fille qui goûte enfin l'amour maternel, cette chose ineffable dont elle était sevrée !

Cette bonne Zizi était transfigurée, parlant ainsi, seule, dans une sorte d'extase, détachée de ce monde et comme en communication avec celle qui n'était plus ; elle semblait, cette enfant terrible et sauvage d'antan, s'abandonner tout entière aux souvenirs et prendre son envolée. Son âme transformée avait des ailes pour s'élever vers la chère morte et lui susurrer dans un frissonnement d'amour : « mère, je t'aime ! »

Ravie, émue maintenant, Mlle Mensignac pensait beaucoup plus à son avenir. Le cœur, en ses entraînements, ne calcule pas. Et pendant qu'elle était en proie à cette joie tardive mais bien douce, d'autres personnages discutaient froidement les clauses du testament qui les satisfaisait médiocrement. La Suchet n'avait pas un souvenir; le marquis, avec son legs de deux cent mille francs, ne voyait pas s'augmenter son pécule, car les emprunts fréquents faits à sa sœur absorbaient, s'ils ne dépassaient pas, cette libéralité. C'était un compte à faire.

Il n'avait pas eu le temps, lui, et n'y avait même pas songé, mais de Baratte ne manquerait pas de l'établir.

Il y aurait compensation.

Cela n'était pas suffisant pour cet affamé de plaisirs, ce goulu de débauches, jeté à la côte, et n'ayant même plus comme suprême espérance la mort de sa sœur pour appareiller de nouveau et recommencer une course de pirate au milieu d'écueils de toute sorte, d'impasses difficiles et dangereuses. Il avait basé sur cette mort une spéculation : sa suprême espérance était réduite à néant! Et, avec la Suchet, il se demandait s'il n'était pas aussi politique que lucratif de se faire l'auxiliaire du comte mécontent.

De Baratte était fort peu satisfait de la façon dont Antoinette avait fixé l'emploi de sa fortune. Il se rappelait maintenant la question du docteur Picard, cette question qui l'avait tant offusqué, et il ne pouvait supposer que sa femme, à laquelle il avait eu le tort de permettre de recueillir Zizi, en arrivât aussi facilement à constituer à une étrangère pareille libéralité — si Zizi n'était qu'une étrangère.

Le comte ne doutait plus de son déshonneur.

Questionner? Il y avait pensé, mais répondrait-on franchement? Il ne pouvait s'adresser qu'à ceux-là même qui, ayant gardé le secret jusqu'à ce jour, se refuseraient certainement à l'éclairer ou bien échafauderaient encore une histoire pour endormir sa curiosité tardive et ses susceptibilités vaines. L'intérêt apaisa les révoltes éphémères que sa dignité avait fait naître. Et comme le marquis et la Suchet, il garda le silence, évita tout esclandre et machina à son tour un plan dont l'exécution satisferait tout à la fois, sa vengeance, sa bestialité et sa cupidité.

Il pensait qu'on s'était assez joué de lui et que cette femme qu'il avait aimée à la folie avait dû bien souvent rire de sa crédulité. Il se rappelait maintenant sa réponse au docteur, réponse superbe, mais naïve : Ma femme était jeune fille quand je l'ai épousée! Et le marquis valait-il mieux que sa sœur? N'avait-il pas prêté la main à ses amours? Le comte avait été grotesque, il voulait être pratique. Maintenant, chacun son tour. Zizi était gentille, il était libre, pourquoi ne serait-elle pas à lui? Il lui promettrait le mariage... son nom... sa fortune séduirait l'enfant... alors satisfait, vengé, il ne lui délivrerait pas son legs...

Comment? Il ne le savait pas mais il tenterait...

Et dans sa tête affaiblie il cherchait à ourdir une trame dont le machiavélisme pût le contenter.

Encore jeune d'âge mais vieux de santé, les forces étaient parties avec les excès, et cet homme, gâteux avant l'heure, ivrogne, accessible seulement au calcul et à l'assouvissement de ses instincts de brute, commença à faire sa cour à la jeune fille qui lui était confiée. Et quelle cour ! Ses déclarations débraillées, ses promesses de mariage étaient coupées de hoquets puant le vin et l'alcool et Zizi, effrayée, dégoûtée, se réfugiait dans sa chambre. La Suchet avait aisément vu clair dans le jeu du comte, mais elle se gardait bien de s'en apercevoir et de contrarier des desseins qui lui pourraient servir un jour ou l'autre. Du reste, elle travaillait maintenant pour son compte, s'efforçant d'amener le marquis d'Alboise sous sa complète dépendance. Et Mlle Mensignac, entourée de jaloux et même d'ennemis, s'armait de patience ainsi que le lui conseillait son « vieil ami » le notaire.

Un jour, cependant, Zizi faillit devenir la victime du comte.

Elle le croyait à Tours, au café de la Comédie, selon son habitude.

Tout au fond de la cour du château d'Alboise se trouvait une cage immense peuplée de faisans. Entrée dans la cage, elle se divertissait, donnant à manger à ses nombreux pensionnaires qu'elle avait vus naître et élevés au prix de soins infinis. De Baratte parut. Il ne paraissait pas trop ivre ; ses yeux étaient calmes. La jeune fille avait pensé à fuir, mais n'était ce pas lui donner l'envie de la pourchasser ? Et puis, en plein jour, que pouvait-elle redouter ? Le comte pénétra dans la volière. Les oiseaux effrayés voletaient. L'un deux, d'un coup d'aile, avait jeté à terre le chapeau de l'importun visiteur.

— C'est une leçon de politesse que les oiseaux vous donnent, fit Zizi en riant.

— Ah! tu te moques, espiègle, eh bien, regarde!

Et ayant ramassé son chapeau il l'agita vigoureusement dans tous les sens, autour d'elle. Affolés, les faisans se ruaient contre le treillis de la cage, s'entrecroisaient, heurtant de Baratte et Zizi dont la chevelure, sous les coups d'aile répétés des oiseaux, se dénoua brusquement, s'éparpillant sur ses épaules et son visage, l'aveuglant. L'enfant riait au milieu de ce bruissement d'ailes, se cachant les yeux de ses deux mains pour les garantir, lorsqu'elle se sentit violemment saisie. Elle jeta un cri aigu et, se débattant, elle entendit ce don Juan aviné dire d'une voix rauque :

— Je t'aime... je te veux... je t'épouserai... je suis libre... l'infâme est morte...

A ce mot « infâme » les forces de la jeune fille se décuplèrent. A demi renversée déjà, elle s'arc-bouta contre le mur, et saisissant le premier objet à portée de sa main, elle en asséna un coup vigoureux sur la tête de son agresseur dont la figure se couvrit tout aussitôt de sang mêlé à une eau jaunâtre et excrémenteuse. Elle l'avait frappé avec un petit vase en verre dans lequel les faisans se désaltéraient, et le vase, en se brisant, avait fait de sérieuses blessures.

Le comte lâcha prise et Mlle Mensignac put librement sortir, laissant barboter le bonhomme. Le cocher traversait la cour, elle l'appela :

— Venez aider le comte à se tirer de là. Il vient de tomber dans le baquet des faisans !

Elle grimaça un rire forcé et ajouta :

— André, vous attellerez ensuite le poney pour aller à Tours.

VII

Après une toilette aussi sommaire que nécessaire, la jeune fille quitta le château, s'inquiétant fort peu de l'état d'Agénor.

— Encore une scène, n'est-ce pas, s'écria M⁰ Fourniol en voyant entrer Zizi.

La pauvre enfant ne put retenir ses larmes.

— Encore une, mais celle-là dépasse toutes les autres. Je ne veux plus, je ne peux plus rester au château !

— Diable, c'est donc bien grave ?

— Très grave, en effet !

Mlle Mensignac raconta l'acte de brutalité dont elle venait d'être victime et les poursuites indécentes dont chaque jour elle était l'objet. Seule, là-bas, elle finirait par succomber à la force ou bien un malheur arriverait. La Suchet et le marquis s'inquiétaient peu d'elle et ne songeaient aucunement à la défendre. Par dignité, il lui répugnait de mettre les domestiques au courant de toutes ces vilenies.

Le notaire esquissa un sourire où perçait le dégoût.

Il avait écouté sans interrompre. Puis, affectueusement, il s'efforça de tranquilliser celle qui venait toujours lui confier ses chagrins et ses espérances. Elle ne pouvait, en effet, rester plus longtemps à Alboise exposée ainsi aux fureurs de celui qui aurait dû la protéger. Elle s'éloignerait, et pendant son absence, une décision serait prise. Il aviserait.

— Mais où aller ? interrogea-t-elle.

Le vieil ami avait prévu la question. Elle retournerait chez les Ramels qui seraient si heureux de revoir leur fille bien grandie et là, elle attendrait qu'on la rappelât. Pendant ce temps on régulariserait les affaires de la succession et on songerait aussi un peu à l'avenir.

— Vous êtes bon, vous, répétait Zizi, et comme ils seront contents ces pauvres vieux qui m'aimaient tant ! Et comme ils vous béniront ! Mais qui m'accompagnera ?

— Moi !

La jeune fille enbrassa le « vieil ami » et pendant un instant elle oublia la scène de la volière et aussi toutes les infamies passées. Elle ne voulait plus songer qu'à l'avenir, à cet avenir qui lui apparaissait moins noir grâce à l'affection du notaire. Elle causait, causait gaiement. Puis prenant un ton bien câlin, bien caressant :

— M. Fernand ? fit-elle.

Et elle baissa la tête.

— Que voulez-vous chère petite ?

— Je ne sais... mais cependant...

— Je comprends, ne vous inquiétez pas, le vieil ami a pensé à tout. Je vous accompagnerai à Auteuil... il viendra... le reste vous regarde...

La jeune fille attacha son œil clair et interrogateur sur le tabellion et, avec une ineffable douceur dans la voix :

— En pourriez vous faire davantage pour votre fille ?

— Peut-être !

Le notaire avait en effet pensé à tout. Zizi irait à Auteuil chez ses grands-parents où le jeune lieutenant se rendrait à son tour. Là, il se prononcerait et tous deux, en attendant la réalisation de leurs vœux, échangeraient leurs serments.

— Rentrez sans inquiétude, je vous verrai demain, et sans aucun doute nous pourrons partir sous peu.

— Quel prétexte ?

— Qu'importe ! la nuit porte conseil ; je réfléchirai.

Mlle Mensignac ne questionna plus. Elle sauta de nouveau au cou du notaire qu'elle embrassa longuement, mettant dans cette étreinte comme le trop-plein d'affection qui était en son cœur.

Au château, la domesticité avait fait gorge chaude de l'aventure du comte et avait ri à ses dépens. On l'avait vu si souvent ivre que sa chute s'expliquait d'elle-même. Quelle drôle d'idée, aussi, en cet état, d'aller dans la cage des faisans ! Boire, en guise d'absinthe, l'eau des faisans !

Me Fourniol n'était pas sans inquiétude au sujet de la conversation qu'il allait avoir avec le comte. Il ne fallait rien brusquer avec un pareil homme et même ne faire aucune allusion à l'incident qui nécessitait cet entretien. La chose se ferait simplement. Les vieux Ramel lui avaient écrit ; ils désiraient voir Mlle Mensignac et le priaient d'intercéder pour qu'on permît ce petit voyage... Puis cette absence ferait grand bien à la jeune fille ; cela la changerait un peu... Il avait trouvé un tas d'excellentes raisons pour vaincre la résistance, si besoin était, de M. de Baratte. Toutes ces précautions étaient bien inutiles. Agénor ne demandait qu'à se débarrasser de l'enfant terrible.

— Que le diable l'emmène, hurlait-il, cette péronnelle qui...

— Oui, oui, je comprends votre mauvaise humeur, fit le notaire... il n'est pas agréable de voir une étrangère venir au partage de la famille...

De Baratte fixa Fourniol, enchanté que son interlocuteur prît aussi facilement le change. Il continua :

— Une affaire pressante m'appelle à Paris et je pourrai conduire Mlle Marie à Auteuil ?

— Je n'y vois aucun inconvénient, pour ma part ; mais la petite a sa tête, et si elle ne veut pas partir !... L'avez-vous consultée, cette héritière ? Non, n'est-ce pas ? Eh ! bien, la voici, là-bas, entendez-vous avec elle...

L'entente ne devait point être difficile et, sans plus tarder, la jeune fille commença ou plutôt acheva ses

préparatifs. La Suchet n'offrait pas ses services. Sa
présence était nécessaire au château, car le marquis
d'Alboise y séjournait, réalisant ainsi des économies. Il
était au « vert », selon son expression. Le soir même,
toute joyeuse, Zizi partait retrouver ses bons grands-
vieux-parents.

Mlle Marie Mensignac était bien heureuse à Auteuil.
Elle se retrouvait au milieu de ses souvenirs d'enfance,
revivant en quelques jours des années écoulées sans
préoccupations et sans ennuis. A Alboise, depuis la mort
de la comtesse surtout, elle était demoiselle, mais ici,
c'était Zizi, Zizi l'espiègle grandie et transformée, voilà
tout, gâtant, choyant à son tour les vieux Ramel qui
l'avaient gâtée, choyée et tant fait sauter sur leurs
genoux. Et c'étaient des causeries sans fin ; des— « t'en
souviens-tu » — on se tutoyait toujours — peuplaient
la conversation. Et on se souvenait.

L'enfant revenue, le présent et le passé se confon-
daient, se mêlaient. On se questionnait ; on voulait
savoir tout ce qui s'était passé depuis la séparation.

— Comme te voilà grande, et jolie, et riche, disait le
père Ramel ! Elle a bien fait les choses et c'était juste.
Tu ne nous mépriseras pas, au moins ?

— Puisque me voilà !

— C'est vrai !

Et Zizi se laissait caresser, ainsi qu'autrefois.

Dans cette vie calme et plus que bourgeoise, elle pensait toujours à son origine, cette origine mystérieuse
qui la faisait « riche » avec un nom d'occasion, d'em-
prunt. Cela la préoccupait d'autant plus qu'elle n'osait

questionner les Ramel qui, cependant, devaient connaître le « secret », eux à qui on l'avait confiée en
bas âge. Elle avait peur d'apprendre la vérité et,
pourtant, elle la voulait connaître. Un jour elle se hasarda :

— Mon bon vieux, m'aimes-tu !... et elle avait passé
ses bras autour du cou de grand-père.

— Si je t'aime! oh! petite folle, en as-tu jamais
douté ?

— Non ! Eh bien, dis-moi la vérité, veux-tu !

— Quelle vérité ?

— Comment je suis venue ici et où je suis née ?

Le vieux soldat raconta sincèrement ce qu'il savait
et ce qu'il croyait être la vérité. Elle était grande
maintenant, en âge de se marier, et elle avait bien le
droit de savoir. Longtemps elle avait passé pour la
fille d'un neveu à lui tué pendant la guerre d'Italie,
mais, en réalité, c'était la Suchet qui l'avait conduite à Auteuil, affirmant qu'elle était la fille de
Mlle d'Alboise et du comte russe qui la légitimerait
plus tard par le mariage... puis, un jour, Mlle d'Alboise s'était mariée avec M. de Baratte, on l'avait ramenée à Paris et plus tard, tout le monde était parti
pour la campagne...

— Et le comte russe? demanda Zizi.

Le comte russe était mort à ce qu'on disait. Il n'en
savait pas davantage.

Bouleversée, surprise, Zizi avait écouté cette confidence presque sans mot dire. Le notaire ne l'avait
donc pas trompée? Mme de Baratte était bien réel-

lement sa mère, elle n'en pouvait plus douter, mais...
Ce « mais » terrible lui oppressait le cœur. Qu'était
devenu ce comte russe, son père, dont elle entendait
parler pour la première fois ? Était-il mort, ainsi qu'on
le disait, ou même avait-il jamais existé ? Les Ramel
ne l'avaient jamais vu et la Suchet pouvait bien avoir
menti pour embrouiller davantage cette ténébreuse
affaire.

La vérité ne lui apparaissait pas très claire. Le père
Ramel assurait que le comte russe, à en juger par les
photographies qu'on lui avait montrées, ressemblait à
M. Fernand Fourniol! Dans quel enfer d'incertitudes
était-elle donc plongée? Grand-père avait pu se tromper sur la ressemblance! Quel dédale! Son pauvre
cœur était torturé par des aveux toujours incomplets
et elle cherchait à excuser celle qu'elle pensait être sa
mère et qui avait menti à son lit de mort. Cela la
tourmentait et sa gaieté habituelle s'en ressentit.

Devenue maussade et nerveuse, les Ramel avaient pris
le parti d'éluder un pareil sujet de conversation qui
causait de la peine à leur chère « fille ». Ils ne répon-
daient plus auxallusions que faisait Zizi, s'efforçant, au
contraire, de ne pas comprendre.

VIII

Après la mort de sa femme, de Baratte avait caressé
un rêve et ses appétits de fauve en rut lui en montraient
la réalisation comme la chose la plus désirable. Par
avance, il s'était complu dans une espèce de satisfaction bestiale à la pensée qu'il allait enfin assouvir sa
passion. La naïveté, la complaisance même de cette
jeune fille, devaient être des atouts dans son jeu infâme et la perspective d'un nom, d'une grande fortune la lui livrerait sans défense! Puis, tout d'un coup,
il se trouvait en face d'une résistance opiniâtre, invincible. C'en était trop, à la fin. Cette pauvresse sortie
on ne sait d'où le narguait!

Alors, ainsi qu'il arrive souvent, ses désirs s'apaisèrent, s'affaissèrent en lui; le mâle disparut, la
chair ne criait plus. Mais une autre passion s'empara
de lui, violente, plus tenace que jamais : la cupidité
le domina. Il ne chercha plus qu'un moyen détourné

de dépouiller de sa fortune l'enfant qu'il n'avait pu
déshonorer. Un conseil lui vint en aide. On trouve
toujours des gens disposés à commettre une mauvaise
action ou à-y pousser. M. de Baratte reconnaîtrait
officiellement Zizi, lui donnerait son nom et la ferait
ensuite renoncer à son legs; de cette façon, ayant
une autorité paternelle sur elle, il jouirait et dispose-
rait de toute la fortune. C'était si simple! Comment
n'avait-il pas songé à cela? Il en parla à Fourniol
comme d'un projet tout naturel

Le notaire ne cherchait qu'à rendre service à la
jeune fille et à lui assurer un avenir. La proposition
du comte ne pouvait rien changer; au contraire elle
ne pouvait qu'améliorer la situation de Zizi. Il savait
bien que les intentions de ce bon Agénor n'étaient
pas absolument pures et qu'il obéissait à un sentiment autre qu'à un sentiment d'affection désintéressée. Mais il serait là, lui, et il saurait conjurer ses
mauvaises dispositions.

— Vous acceptez donc? fit le comte.

— Certainement. Vous donnerez ainsi un nom à
cette enfant qui plus tard aura une très belle fortune...

— Cela est vrai...

— Et puis elle renoncera à son legs... Nous travail-
lons ainsi à son bonheur!

Le comte n'espérait pas trouver Me Fourniol d'aussi
facile composition. Maintenant, il se demandait si son
plan n'était pas tout à l'avantage de celle qu'il voulait déposséder. L'idée de la renonciation le rassura.

Il reprit :

— Puisque la présence de l'enfant reconnu n'est pas nécessaire, ne pourrions-nous pas faire l'acte tout de suite ?... j'aime mieux ça, pour n'y plus penser : puis je vous l'avoue, il me répugnerait de déclarer devant un enfant qui n'est pas le mien que je suis son père...

Fernand se mit à sourire. Il pensait, lui aussi, à la répugnance de la jeune fille pour de Baratte !

Sur le champ, on procéda à la confection de l'acte de reconnaissance.

« Par devant Mᵉ Fernand Fourniol et Mᵉ Charles Paillard, notaires à Tours (Indre-et-Loire).

» A comparu :

» M. Marie-Paul-Agénor comte de Baratte, propriétaire, demeurant au château d'Alboise, commune de Mensignac (Indre-et-Loire).

» Lequel a, par ces présentes, volontairement reconnu pour sa fille naturelle Mlle Zizi, dite Marie Mensignac, comme étant née le 31 décembre 1863, laquelle habite avec lui.

» Consentant qu'à l'avenir la dite demoiselle porte le nom de M. de Baratte son père et que mention des présentes soit faite sur tous registres et actes que besoin sera.

» Dont acte... etc... »

Ayant apposé sa signature à l'acte qui donnait son nom à Zizi et consacrait ses droits à son héritage, de Baratte dit au notaire :

— Et la renonciation ?

— Pour cela, la présence de mademoiselle votre fille est nécessaire. Il faut aussi qu'elle accepte la reconnaissance, ce qu'elle ne manquera de faire...

— Je m'en rapporte à vous, mon cher notaire.

Le comte pensait : « Comme il a mordu à l'hameçon, c'est un naïf ! » et Mᵉ Fourniol murmurait en se retirant : « Canaille, te voilà pris dans tes propres filets. Nous verrons si tu dépouilleras facilement cette pauvre enfant ! »

Une longue lettre annonça la nouvelle à Auteuil. Quel événement ! Le « vieil ami » expliquait comment Zizi Mensignac devenait Mlle Marie de Baratte ; il suppliait la jeune fille de ne point faire de folie, de ne pas écrire au comte, de s'en rapporter à son affection et à son expérience ; il affirmait que tout allait à souhait, qu'elle serait satisfaite et ne se plaindrait pas de son « vieil ami ». Il ajoutait que le bel officier Albert de Marne irait prochainement à Auteuil et qu'il l'accompagnerait.

Pour la première fois de sa vie, depuis qu'elle avait l'âge de la réflexion, la jeune fille fut réellement heureuse. Les Ramel, eux, ne cherchèrent pas à comprendre au milieu de ces complications nouvelles ; ils félicitaient leur « fille », se préparaient à recevoir de leur mieux le notaire et leur futur « fils ». Zizi était joyeuse, cela leur suffisait.

Tandis qu'à Auteuil les jeunes gens échangeaient leurs serments et envisageaient avec bonheur l'avenir qui s'ouvrait tout grand devant eux, là-bas, en Touraine, il n'était bruit que de l'acte qui donnait un nom à Zizi. Déjà, à la mort de la comtesse, on avait jasé dans le pays. Le legs de deux cent cinquante mille francs avait paru être la reconnaissance posthume de la jeune fille par Mme de Baratte, et ce qui n'était que soupçons auparavant était devenu une certitude. Actuellement, l'opinion publique, déroutée, n'accusait plus la défunte. On bénissait sans arrière-pensée sa mémoire désormais sans tache et on plaignait la pauvre femme dont la conduite apparaissait sublime en présence du dévergondage du comte. Les malheureux surtout, si souvent soulagés par elle, triomphaient. Ils savaient bien, eux, qu'une dame aussi bonne, aussi charitable, n'avait rien à se reprocher ; c'étaient les envieux qui avaient médit sur son compte.

Dans la commune de Mensignac, ce fut un immense soulagement.

Comme on comprenait les souffrances de Mme de Baratte ! Combien elle avait été martyre ! Sans satisfactions aucunes, malade, infirme, elle avait supporté chez elle la fille de son mari, venue on ne sait d'où et, poussant l'abnégation à l'extrême, elle l'avait grassement dotée. Et lui, être vil et méprisable, avait attendu la mort de sa femme pour reconnaître cette enfant !

Quel monstre était-ce donc que ce M. de Baratte

qu'on accusait d'avoir tenté de déshonorer sa propre fille ?

Le comte était un affamé de jouissances ; n'ayant pu satisfaire ses appétits de fauve, il cherchait à dépouiller la jeune fille de la fortune qu'on lui avait léguée. Pour cela les moyens lui importaient peu pourvu qu'il atteignît le but. Ce but, il le poursuivait. Pour être complètement maître de Zizi, il lui fallait trouver un mari complaisant, sans fortune et qui serait enchanté d'accepter la situation. Ce mari, il pensa l'avoir trouvé et il rappela « sa fille » à Alboise.

Redouté de ses gens qu'il traitait en véritables esclaves, méprisé de tout son entourage, il ne pouvait prendre conseil que de lui-même. Mlle Suchet conservait à son égard la distance qu'il convenait, et il n'était pas homme à risquer une confidence ; son beau-frère Henri lui inspirait peu de confiance, il ne le consulterait pas davantage. Restait le notaire, qui avait déjà partagé ses vues ; c'est à lui qu'il s'adresserait pour se guider dans ses combinaisons.

— Mon cher notaire, dit un jour de Baratte, vous avez approuvé mes premiers projets en vous y associant ; aujourd'hui, j'ai de nouveau à vous consulter... Zizi est d'âge à se marier et j'imagine qu'il faut penser pour elle... J'ai donc cherché un mari qui pût lui plaire...

— Et vous avez trouvé, sans doute ? Mais il ne serait peut-être pas nuisible de consulter aussi votre fille à ce sujet ; les enfants sont souvent plus précoces qu'on ne le suppose et il serait bien imprudent d'avoir contre soi le principal intéressé...

— Quoi ! Cette petite sournoise aurait déjà...

— Je ne sais, mais il est possible qu'elle ne soit pas la seule coupable en la circonstance car, vous-même...

— Comment cela ?

— Ces choses arrivent sans qu'on y prenne garde. Oui, mon cher comte, vous avez peut-être fermé le loup dans la bergerie, mais le loup ne sera pas trop féroce puisqu'il est de votre famille...

— Alors, reprit presque gaiement le comte, je retire mon mari de la circulation jusqu'à ce que la petite autocrate m'ait fait connaître son choix et ses intentions.

Le triomphe du notaire avait été facile et pour protéger la jeune fille et assurer son bonheur, il n'avait aucun scrupule à se jouer de ce triste comédien qui laissait trop deviner ses machinations.

Quant à Zizi, elle avait docilement abandonné Auteuil et était rentrée à Alboise où son fiancé devait bientôt la rejoindre. Là-bas, ils avaient arrangé leurs petites combinaisons et arrêté leur plan. Aussi, dès son arrivée, le jeune officier, qui rencontra un bon accueil, fit sa demande.

— Je réfléchirai, avait simplement répondu de Baratte. Marie est bien jeune, je veux la consulter... puis, notre deuil impose des délais...

Albert de Marne savait qu'il ne fallait pas insister avec son cousin. Mais il était bien tranquille ; sûr de l'acceptation de Zizi, il attendrait tout le temps qu'exigeraient le deuil et les convenances.

M. le comte Agénor de Baratte n'avait pas l'intention de s'opposer à un mariage auquel il avait pensé lui-même. Seulement, il voulait temporiser, gagner du temps et savoir si la docilité des jeunes gens était réelle. Mais là, comme en beaucoup d'autres circonstances, il serait bien impuissant à juger sainement la situation. Tous étaient coalisés et, dans cette conspiration, l'amour et l'honnêteté devaient triompher.

IX

Au château, avec le retour de la jeune fille, la vie avait repris un cours normal et régulier. Sa nouvelle situation paraissait n'avoir éveillé aucune jalousie. La Suchet elle-même, dont on pouvait à bon droit redouter les sarcasmes, n'avait montré aucune animosité. On eût dit que la perspective du « grand événement » portait en elle sagesse et abnégation. Tous n'étaient point sincères, mais tous, avec une tactique différente, s'entendaient à merveille, en apparence du moins.

Zizi, qu'on n'appelait plus que « Mlle Marie », était la docilité même et le notaire, heureux de voir accomplir son œuvre, sans à-coups, attendait ce mariage comme la réalisation d'une promesse solennellement faite à celle qui n'existait plus. Le marquis d'Alboise était toujours là « au vert », ayant sous la main la caisse de la Suchet toujours ouverte. Quant à de Baratte, après avoir tergiversé, hésité, il avait fini par céder, bien persuadé que son cousin, conseillé par le notaire, acquiescerait à toutes ses conditions.

Et le mariage fut fixé.

On entrait dans l'ère des surprises et des difficultés. Ce mariage devait détruire ou satisfaire bien des combinaisons.

Un dénouement était prochain.

Le comte avait dit à la jeune fille qu'il ne souhaitait que son bonheur et que s'il avait résisté, c'était pour lui donner le temps de la réflexion car dans le mariage, on ne saurait trop réfléchir; mais elle était absolument libre d'agir selon sa volonté et son cœur. Elle était riche déjà et le serait davantage un jour puisqu'elle hériterait de sa fortune. Quant aux affaires, elle ne devait avoir aucune crainte; tout cela s'arrangerait pour le mieux grâce aux bons offices du notaire.

— Je m'en rapporte à vous deux, avait simplement répondu Zizi, cela ne regarde pas les femmes!

De Baratte était véritablement enchanté de l'attitude de sa fille. Déjà il se voyait maître du legs de deux cent cinquante mille francs! Tout lui réussissait donc et l'officier serait docile, lui aussi. M⁰ Fourniol n'avait pas peu contribué à lui laisser cette douce illusion.

— Ces enfants, mon cher comte, disait-il, ne pensent qu'à s'aimer. Que leur importe l'argent? A leur âge on ne calcule pas et notre volonté sera la leur. Déjà Marie a accepté la reconnaissance et elle signera tout aussi aisément l'abandon de son legs. Pour cela, j'ai mûrement réfléchi et modifié mon sentiment à cet égard. Il serait imprudent de la faire renoncer à son legs avant le mariage, elle n'est pas majeure et, pour notre tranquillité, il faudrait plus tard la ratification de son mari. Ne faisons qu'un seul acte où ils interviendront, l'un autorisant l'autre : c'est plus régulier et plus sûr !

— Je m'en remets à vous, mon cher notaire, pour tout ce qui touche à votre ministère. Agissez à votre guise et au mieux de nos intérêts.

La date du mariage était arrêtée. De nombreuses invitations avaient été lancées dans le pays. C'est qu'en province on a « l'invitation » facile ; puis, c'est une nécessité. Les habitudes sont une loi qui vous plie sous son joug. Là, la « noce » dure plusieurs jours. Les parents, venus de loin, restent des semaines entières.

De plus, à ce moment, la situation n'était pas exempte de doute. On se demandait avec anxiété si la noblesse du pays daignerait se mouvoir pour un mariage qui avait agité bien des langues. Le mystère qui entourait la naissance de la jeune mariée retiendrait-il en leurs castels ceux ou celles qui, depuis la mort de la comtesse, n'avaient pas reparu à Alboise ? On pouvait se poser cette question.

Mais il est une société qui sait imposer silence à ses rancunes, à ses préjugés et sacrifier à ce qu'on nomme : le « decorum ». Et ce decorum devait faire disparaître toute indécision. La noblesse n'aurait certainement pas assisté à la « noce » de Mlle Zizi Mensignac, mais

14

elle honorerait de sa présence le « mariage » de Mlle
Marie de Baratte.

Déjà les invités, ceux du loin, arrivaient. C'étaient
un étonnement, une surprise perpétuelle dans la commune de Mensignac. De mémoire de paysan on n'avait
vu chose si extraordinaire. Les habitants étaient sur
le pas de leurs portes, la veille du grand jour, et les
animaux eux-mêmes, en ce bon pays de Touraine,
troublés dans leur repos, semblaient piqués de curiosité.

Vraiment, c'était curieux.

Dans ce défilé de voitures, il y avait des machines
sans âge et sans nom.

Des carrosses antédiluviens, des pataches, témoins
délabrés du sacre de Charles X, des calèches grotesques et prétentieuses, véhicules démodés et solennels
avec leurs grands ressorts et bien dignes d'occuper
une place dans un musée. Au milieu de cette débau-
che d'antiquités tranchait le moderne. On affirmait
même que si certains carrosses dataient du sacre de
Charles X, d'autres, plus neufs, avaient été spéciale-
ment commandés pour le couronnement d'Henri V.
Et tout cela pénétrait dans la vaste cour du château
où le comte, presque rajeuni et digne, présidait à
l'arrivée.

Quel pittoresque encombrement dans cette cour !
Les gens des fermes étaient là, endimanchés, enlevant
les bagages, dételant les chevaux et mêlés aux dames
qui, ainsi que des oiseaux lustrant leurs plumes après
une nuit d'orage, effaçaient à petits coups les plis de

leurs robes froissées par le voyage. Partout du bruit,
des cris, des appels. On était en joie. Le mariage de
Zizi faisait la fusion des classes — momentanément.
La joie se manifestait bruyante, éclatante, lumineuse,
grâce à l'enthousiasme des gens du château, des
fermes et du village qui tiraient le canon — un mé-
chant fauconneau ne « pétant » que les jours de frai-
ries et de fêtes officielles — et un feu d'artifice où
dominait la fusée, cette gerbe enflammée « mar-
chant à la rencontre des étoiles qu'elle éclipse par
ses éclats resplendissants », selon l'expression d'un
invité. Brisset, l'artificier assermenté du canton,
s'était couvert de gloire. Et quelle soirée grandiose!
Elle compterait, celle-là, dans l'histoire du pays.

Dans le grand salon du château, après le festin, un
grand bal eut lieu qu'ouvrirent les notables des environs, ceux qui portaient la « redingote ». Et ces notables n'eurent pas à solliciter les danseuses, les magots
venus dans les carrosses se précipitaient vers eux, faisant des mines drôles et affectant une amabilité mi-
naudière. On se serait cru à la cour! Le maire avait
ouvert le bal avec Mlle Marie. Quel honneur pour
lui et sa famille! On eût dit, vraiment, qu'un souffle
égalitaire avait passé par là.

Les villageois ménageaient une surprise pour le lendemain.

Le grand jour se leva, radieux. C'était le mois de
mai, en plein renouveau. Tout semblait avoir pris un
air de fête. Seule, étroite et diaphane, une bande de
buée rayait l'horizon, et la rosée tremblant au sein

des fleurs et la pointe des herbes s'irisaient au contact
des rayons du soleil en tout son éclat. Les massifs de
verveine mêlaient leur odeur douce et encore incer-
taine au parfum capiteux des aubépines du chemin.
On se sentait vivre dans ce milieu où tout était vie, où
tout s'animait, même les plantes, sous les chaudes
caresses d'une brise bien calme, véritable souffle du
ciel.

Parés comme des chasses, les invités font, un à un,
leur entrée dans la grande salle d'honneur du château. Mlle de Baratte arrive au bras du comte. Elle est
charmante dans sa fraîche parure de mariée. Sous son
long voile à la juive, son visage ressort plus pur et plus
rose ; ses yeux mouillés ont plus de langueur, sa lèvre
sensuellement gonflée est plus vermeille. Son émotion
est grande ; tous viennent s'incliner devant elle. Elle
rougit légèrement lorsque quelques dames d'un âge
mur, se penchant à son oreille, lui disent des paroles
d'encouragement et d'affection commandée. Excès de
zèle habituel aux vieilles gens !

Le village est peu distant du château. On fera le
trajet à pied. La population est debout et la route qui
mène à la mairie et à l'église est couverte de jonchée.
Passer en voiture serait faire fi de la peine de ces
braves gens qui ont dévasté leurs jardins pour faire
honneur à la « demoiselle » du château.

L'artillerie tonne ; le cortège se met en marche et
lorsque la « noce » a franchi la grande porte de la
cour, une salve de mousqueterie crépite à laquelle ré-
pondent de bruyantes acclamations. Les vieux « gas »

du pays ayant appartenu à la garde nationale ont sorti de derrière leurs lits, leurs fusils à pierre et à piston ; ils formeront l'arrière-garde du cortège en tête duquel marche Ratineau le « coq » du village, Ratineau le vielleur qui fait danser chaque dimanche les filles, Ratineau le quasi-Dieu des plaisirs de Mensignac !

Le pittoresque, l'imprévu enchantent et le comte, surpris, se demande comment la popularité lui est venue à lui qui n'est seulement pas conseiller municipal. Cette popularité éphémère, il la doit à la comtesse dont la mémoire est bénie et à Zizi qui a continué les traditions généreuses de sa petite mère. Tout ce peuple oubliait l'inconduite, la morgue brutale de de Baratte pour ne se souvenir que des bienfaits reçus au château. Et cette réunion d'élite, cette noblesse qui avait hésité à venir au mariage d'une bâtarde, se prenait à aimer cette foule qui ne pratiquait pas l'indépendance du cœur et témoignait, à sa façon, sa reconnaissance.

Le notaire était ravi. Ce serait bien autre chose au village où le maire ménageait une superbe réception.

Là, les maisons étaient pavoisées. Deux soldats libérés du service avaient endossé leur uniforme. La maison commune était une véritable charmille couverte de fleurs et de verdure. En l'absence du maire, le secrétaire de la mairie avait reçu la « noce ». Sans aucun doute, M. Peyron apprenait le discours qu'il allait prononcer. Cette préoccupation expliquait son absence. On entra.

En un instant les conversations devinrent vives, bruyantes ; on attendait gaiement le retour du premier magistrat de Mensignac et, dans ces entretiens, le prochain n'était pas épargné. Depuis quelques jours on s'entretenait, à Tours, d'une bataille de dames du grand monde qui, à la porte de la préfecture, s'étaient « crêpé le chignon », se disputant les faveurs du chef de cabinet. Ces deux dames assistaient au mariage, on se les montrait, et le marquis d'Alboise ne se gênait pas pour placer quelques réflexions désobligeantes à l'adresse de Mme de Bardane qui avait éprouvé le besoin de mettre le public au courant de sa vie dans ses mémoires, écrits en un style de cuisinière en rupture de casserole.

Le maire n'arrivait pas et l'impatience gagnait l'assemblée. Quel parti prendre ? Enfin, Peyron parut. Pâle, ému, essoufflé, il eut à peine la force de parler. Le silence se fit. Le notaire et de Baratte s'empressèrent de le questionner et le maire, dont le dévouement au comte était sans bornes, dit, dans un cri rauque, presque inintelligible :

— Peux pas marier... peux pas... peux pas !...

Et le pauvre bonhomme, qui avait tiré de son armoire ses plus beaux habits de fête pour la circonstance, chiffonnait le jabot de sa belle chemise brodée et le col qu'il essayait de défaire. Il étouffait.

Quel événement, grand Dieu ! Que se passait-il donc ? Le comte, furieux, menaçait le maire qui s'était éboulé, masse inerte, sur une chaise. Les invités se regardaient, ahuris, et la foule, ayant envahi la mai-

ric, mêlait ses clameurs aux sanglots de la jeune mariée. Navrant spectacle que tout cela !

M⁰ Fourniol avait repris son sang-froid après avoir
lu la lettre que Peyron lui avait machinalement tendue. Le procureur de la République défendait au maire
de procéder au mariage si l'acte de naissance manquait au dossier (art. 146 du Code pénal). L'acte man-
quait-il réellement ? En tout état de cause, il fallait
tenir tête à l'orage. Il dit, simplement :

— Une pièce manque au dossier, on va faire le nécessaire aujourd'hui même pour se la procurer.

Et se penchant à l'oreille du comte, entre haut et
bas :

— Il manque l'extrait de naissance !

Puis, continuant :

— C'est entendu, n'est-ce pas, monsieur Peyron,
aujourd'hui même nous remédierons à cette irrégularité ?

Le maire ne répondait que par signes. Il tremblait
devant de Baratte et redoutait la foule. La « noce »
fit bonne contenance, cependant, et ne s'alarma pas
trop de ce contre-temps. Bast, cela ferait une journée
de plus, voilà tout, et chacun en ayant pris son parti,
on redescendit, en rang, les marches de la mairie, ces
marches rongées par la morsure du temps et par plusieurs générations de sabots.

— Nous reviendrons ce soir, disait-on, ce sera amu-
sant.

— Un vrai mariage aux lanternes !

— Oui, mais, et l'église ?

— Et la messe ?

— Demain matin !

— Peste, demain matin ! Consultez les jeunes gens !

La grosse comtesse de Bardane, satisfaite de sa spi-
rituelle réflexion, avait agité ses chairs secouées par un
rire aussi bruyant que bête.

Un mariage, à minuit, à Mensignac, serait chose
nouvelle. Le digne pasteur, qui depuis plus de trente
ans desservait la commune, n'avait jamais vu cela.
Mais le brave homme ne s'y opposerait pas et cette
idée avait séduit tout le monde. Mlle de Baratte, elle,
était reprise par ses doutes qui si longtemps l'avaient
torturée. Pouvait-elle encore croire au bonheur qui
lui échappait ? « La fatalité s'attache à moi, murmurait-elle ? » Toutefois, elle se laissait persuader pour
qu'on la laissât tranquille. Comment le « vieil ami »
ne s'était-il pas aperçu de l'absence de la pièce indispensable ? Un soupçon traversait son esprit et elle eût
souhaité être rendue au château afin de s'enfermer
dans sa chambre pour pleurer à son aise et se soustraire aux compliments des importuns et aux encouragements des vieilles matrones qui minaudaient, en
appuyant : « Mais, chère enfant, ce n'est qu'un retard
de quelques heures ! » Quel supplice ! Et ces mêmes
matrones serraient convulsivement les mains du lieutenant en le fixant d'un air narquois. Cette sympathie
était gênante et déplacée.

On refit tristement le chemin.

A Alboise, les invités, comme devenus étrangers à
l'incident de la mairie, se divertissent et festoient

bruyammént pendant que la jeune fille se lamente, calfeutrée dans sa chambre. Que leur importe la tristesse des mariés? Ils ne sont pas venus pour pleurer, eux, ils sont venus pour la « noce », pour le « repas », et s'étant dérangés, mis en mouvement, cela vaut un festin.

Quand donc aura-t-on le courage et le bon sens de rompre avec des habitudes ridicules et gênantes? Et pourquoi continuer des coutumes que chacun condamne, mais dont personne n'ose s'affranchir? Pourquoi, en effet, cet étalage dispendieux et faux de relations dont la qualité se mesure au nombre de sièges occupés à table? Est-ce pour réunir, une fois, ceux que l'on aime? Est-ce réellement pour faire honneur et plaisir aux mariés?

En ce jour solennel tout le monde s'ennuie bien qu'il soit convenu qu'on se doive amuser beaucoup. On est nombreux, on crie, on mène grand tapage et le lendemain, celui qui pousse la bonne volonté jusque dans ses dernières limites, s'écrie en bâillant : Comme j'ai dû me distraire au milieu de tout ce monde ! Et le joueur heureux se frotte les mains : Quel beau mariage ! j'ai gagné vingt-cinq louis à l'écarté ! A la campagne, vingt-cinq louis sont une somme.

Cette cérémonie du mariage, qui devrait être toute d'intimité, se transforme en spectacle à grand orchestre. La gloriole tient lieu de charité, le bruit de plaisir. Qui se trouve à l'aise ? L'étranger et l'indifférent qui, prosaïquement, discutent les mérites de la réception, les qualités succulentes du repas et attribuent aux mariés et aux parents toutes les vertus selon les satisfactions de leur estomac. Et avec cette mode de multiplier les invitations en un jour qui devrait être consacré à la famille, on en est arrivé à pousser les « jeunes gens » à partir le soir même pour se soustraire aux regards indiscrets. Les familles réunies pour fêter leur union fêtent en même temps l'absence de deux enfants qui en ont cimenté l'alliance. Beau résultat, en vérité !

La présence des nombreux invités au château d'Alboise irritait profondément Mlle de Baratte ; la joie des autres lui tenaillait le cœur. Elle pensait à son fiancé que les « convenances » retenaient dans la foule, alors qu'elle aurait eu grand besoin de ses encouragements, de sa tendresse, de sa protection même, car elle en arriverait à penser qu'on la menaçait dans son bonheur.

Mais il n'avait pas encore le droit d'être auprès d'elle et il devait paraître « s'amuser ».

X

L'acte de reconnaissance relatait une date exacte, précise, fournie par M. de Baratte, et Mᵉ Fourniol avait supposé, avec quelque raison, que le comte avait en sa possession un acte de naissance régulier. D'ailleurs, pouvait-il admettre que le maire et le curé s'étaient passés de cette pièce indispensable ? Il ne pouvait supposer cela et il ne s'en était pas autrement préoccupé. Quel intérêt guidait donc celui qui avait soulevé, au dernier moment, cette irrégularité ? Ce n'était point le comte, assurément ! Le marquis d'Alboise ? Et pourquoi ? La Suchet ? Il ne voyait pas davantage le mobile qui l'aurait pu guider.

Maintenant, à la réflexion, l'absence de cette pièce ne le surprenait pas. Aucun acte authentique ne pouvait en effet constater la naissance de Zizi, car Mlle Antoinette d'Alboise n'avait pas dû la faire enregistrer : c'eût été avouer trop ouvertement sa faute. Elle avait attendu pour donner à cette naissance la légalité que Slikoff devait consacrer par le mariage. Et lui, « le vieil ami » et l'homme de loi, n'avait pas pensé à une chose aussi simple ! Il fallait réparer au plus vite un semblable oubli.

Il aurait voulu connaître le coupable, cependant. Le Procureur de la République n'avait opposé son veto qu'en parfaite connaissance de cause et ce n'est certes pas le maire qui, de lui-même, avait attendu à la dernière heure pour chercher cet empêchement. A la longue, il eût fini par découvrir le coupable, mais le temps n'était ni aux soupçons ni aux tergiversations. Il était urgent de sortir d'une aussi fausse situation !

Un conseil de famille fut réuni auquel assistèrent le marquis d'Alboise, Mlle Suchet, le maire Peyron, Fourniol et le père Ramel arrivé la veille pour le mariage de sa chère « fille ». Fourniol avait trouvé prudent de tenir éloigné de ce conseil de Baratte et le lieutenant, car il eût été hors de propos de mettre ces deux personnages au courant de tout ce qui pouvait se dire sur le passé. Tout d'abord, il s'agissait d'aviser promptement : chacun émettait son avis et, sans soulever la question irritante de savoir qui avait pu avertir la justice, on semblait s'être arrêté à cette détermination, la plus sage à coup sûr : le notaire s'efforcerait de faire homologuer l'acte de reconnaissance qui tiendrait lieu d'acte de naissance ! On avait compté sans le père Ramel, qui s'écria avec sa rudesse de soldat :

— Ne pourrait-on pas savoir quel est le pierrot qui

a fait le mouchard ? M. Peyron doit en connaître long
à ce sujet,

Le maire ne savait rien et « M. le procureur impérial de la république » s'était contenté de lui défendre
de procéder au mariage. Il avoua cependant que « M. le
procureur impérial de la république » paraissait joli-
ment renseigné.

On s'observait, maintenant. Ramel dévisageait la
Suchet qui traita « d'infâme » le lâche, coupable de
cette mauvaise action. Le marquis gardait le silence
et le notaire faisait des signes désespérés pour conjurer l'orage qui menaçait d'éclater. Peine perdue.
Le grand-père Ramel n'y tint plus et s'avançant vers
le notaire, il s'écria, étendant le bras :

— Tenez, voilà l'infâme!

Il montrait la Suchet. Pendant qu'on essayait de le
calmer, le vieux soldat racontait comment il savait la
chose. A Tours, au café de la Comédie, il avait entendu
cette phrase : « Il y aura du bruit au mariage de
Mlle de Baratte; le parquet s'en mêle, une femme,
depuis longtemps dans la maison, a fait de graves révélations; c'est la noblesse qui va faire une tête!... »
Il n'y avait pas pris garde, tout d'abord, mais le matin,
il s'était douté de la chose et peu s'en était fallu qu'il
ne criât bien haut la vérité à toute l'assemblée réunie
à la mairie...

Le vieil honnête homme accompagnait ses paroles de
jurons formidables. La Suchet avait écouté sans faiblir

— C'est un mensonge! fit-elle simplement.

Le père Ramel répétait : un mensonge, un men-

songe, gueuse !... et il leva le bras prêt à frapper. On
l'arrêta. La situation s'aggravait. Fourniol s'interposa.
Le moment n'était pas venu de s'expliquer ; il fallait
agir dans l'intérêt même de cette chère enfant que
tous aimaient... il allait voir le procureur de la république qui certainement accorderait l'autorisation nécessaire, et le mariage pourrait avoir lieu...

Le bonheur de sa « fille » était en jeu et grand-père
s'apaisa tout de suite. Il pleurait, maintenant. Il aimait tant Marie qu'il craignait de s'être laissé aller trop
loin et ainsi d'avoir « fait tort » à Mlle de Baratte.

Le notaire, Peyron et Ramel sortirent. Comme le
marquis allait aussi se retirer :

— Restez, marquis, fit sèchement la Suchet.

Et Henri resta.

XI

Le marquis d'Alboise et la Suchet demeurèrent seuls.

— A nous deux, hurla la duègne en fureur !

L'esprit abêti par l'avilissement de la vie qu'il menait, le marquis n'avait rien dit pendant que s'était tenu le conseil auquel il avait assisté. Il avait compris qu'il était préférable de ne pas remuer en un pareil jour, tout un passé. Puis il était sous la dépendance de cette mauvaise femelle qui n'hésitait pas, elle, à commettre de nouvelles infamies. Mais, tiré de son apathie par le « à nous deux » de la Suchet, il bondit sous l'insolence de la créature qu'il méprisait. Un reste de pudeur et d'énergie s'était réveillé en lui. Il s'écria brutalement :

— Eh bien oui, à nous deux, car c'est infâme ce que vous avez fait là !

— Vous croyez ? répliqua tranquillement la Suchet.

— C'est infâme, et si je ne me retenais, je vous écraserais ainsi que ce vase.

Sa main crispée avait saisi un vase de grand prix,
un vrai japon, et il l'avait jeté à terre où il s'était brisé
en mille morceaux. Effrayée, la Suchet s'était reculée.
Elle reprit bien vite son aplomb et, d'une voix calme:

— Infâme, soit! Et vous, pensez-vous être sans tache,
mon cher marquis? J'ai commis une lâcheté, je l'avoue,
et je ne m'en défends pas. J'ai averti le procureur de
la république parce que je ne voulais pas que ce mariage eût lieu avant d'avoir eu avec vous une explication. Le moment est venu. Expliquons-nous. Vous ne
pouvez m'échapper, maintenant. Je parlerai davantage
s'il le faut; j'en sais long, plus long que vous ne pensez,
croyez-le...

— Quel intérêt?...

— Vous êtes plus calme et nous pouvons causer,
n'est-ce pas? Quel intérêt? Et c'est vous qui me posez
cette question? Écoutez. Croyez-vous que j'aie menti
toute ma vie, que j'aie été criminelle, pour assister
simplement au mariage de Zizi, aujourd'hui Mlle Marie
de Baratte, demain Mme Albert de Marne? Ce serait
trop bête, en vérité! Cette petite est née on ne sait où
et de qui? Elle a une situation, maintenant, elle est
riche, elle sera choyée, aimée, tandis que moi, à qui
elle doit en somme et cette situation et son bonheur,
je serais méprisée et chassée d'ici!... Quel intérêt,
dites-vous? Ah! je comprends, et cependant cette
étrangère vous dépouille, vous, marquis d'Alboise, seul
héritier légitime de votre sœur, et vous trouvez cela
naturel? La voix du sang parle donc bien fort?

— C'est le respect dû aux morts! Ma sœur n'est plus

et que vous servirait de jeter sa faute à la face de sa fille, de son mari? Quant à moi...

— Quant à vous, rien ne vous peut atteindre, n'est-ce pas? C'est ce que vous voulez dire! Eh bien! si, on peut vous atteindre encore, ternir davantage, si c'est possible, le nom dont vous êtes fier malgré tout, car cette enfant qui vous enlève une fortune et à laquelle vous pardonnez, vous touche de bien près, et on dirait vraiment que vous en connaissez le véritable motif.

— Ma sœur!... et puis, pourquoi tant insister?

— Pourquoi? Parce que, entendez-vous, là est ma vie, mon ambition, le but auquel ont toujours tendu mes actions! Comprenez-vous, enfin, qu'il me faut une solution, à moi aussi? Je n'agis pas contre Zizi, je me sers de son péché originel, dans mon intérêt, voilà tout!

— Contre qui, alors?

— Contre vous, parbleu! Zizi va avoir un mari, un nom; il me faut à moi aussi un mari et un nom!

D'Alboise ne put retenir un sourire. Avait-il compris? La Suchet, exaspérée à son tour, et semblable à une furie, se dressa d'un trait devant lui, s'écriant:

— Je veux me marier, je veux un nom et c'est à vous que je demande ce mari et ce nom!

Le marquis avait-il bien entendu? Lui se marier, et avec la Suchet! Oh! non, tout excepté cela.

— Et c'est aujourd'hui même qu'il me faut une réponse, entendez-le bien. Si vous refusez, je dis tout!

Ces trois mots « je dis tout » bouleversèrent Henri.

15

Quel secret ignoré de lui pouvait encore avoir ce monstre?

Il hasarda :

— Est-ce que je ne sais pas tout?

— Non, non, rugit la fauve enjuponnée, non, vous ne savez pas tout! Savez-vous d'où sort Zizi et quels sont ses parents? J'avais pensé, tout à l'heure, que vous m'aviez comprise lorsque je vous parlais de la voix du sang; je me trompais. Votre sœur a eu un enfant du comte Slikoff, votre ami, qui avait promis le mariage; cet enfant mourut du croup à Paris. La faute n'en existait pas moins, elle devait être réparée. Le comte devait légitimer l'enfant par le mariage, mais le mariage n'aurait pas lieu sans l'enfant...

On le remplaça, et à la mort de Slikoff il fallut le garder... Et c'est Zizi qui fut substituée à la fille du comte et de votre sœur!... Voilà le secret, monsieur le marquis! Pensez-vous qu'il soit bon de divulguer cela aujourd'hui? Non, n'est-ce pas? Oh! attendez. Vous, vous favorisiez les amours de votre sœur avec Nicolas Slikoff pour entretenir vos excellentes relations avec la comtesse russe, et moi, je gardais le secret de toutes ces infamies. A mon tour, maintenant!... Savez-vous encore, mon cher marquis, ce que je fis pour remplacer votre nièce disparue! Je partis pour l'Angleterre, du consentement de votre sœur, et là je trouvai une enfant du même âge que l'enfant morte, je la ramenai en France et ce matin cette enfant devait se marier, mais il manquait une pièce indispensable, l'acte de naissance, et moi seul pourrais lever les scrupules de la justice, grâce à un papier en ma possession !... Ce papier le voici ! Ce n'est point un acte officiel !... c'est une simple déclaration, mais cette déclaration porte deux signatures et un engagement...

La duègne avait vomi ces aveux avec cynisme. Le silence du marquis l'enhardissait. Chez cette créature immonde, tout était combiné ; le moment venu, elle parlait après avoir agi. Elle tenait en son pouvoir et le marquis, et le comte, et Zizi et la réputation de Mme de Baratte. Certes, elle se fût compromise en parlant, mais qu'avait-elle à perdre ? Rien. Tandis que le nom des d'Alboise, fortement endommagé déjà, tomberait littéralement dans la fange.

Et quelle étrange et dramatique situation ! Quelle tissu de mensonges et d'infamies ! Henri était anéanti. Lui, le sceptique, le viveur, se sentait profondément remué. Il tremblait devant cet aveu et il commençait à se souvenir. Etait-ce donc possible ? Quoi cette enfant ? Non, non, il n'y pouvait croire et cette femme mentait encore comme elle avait menti toute sa vie ! Troublé, indécis, il gardait le silence.

La duègne attendait.

— Eh bien, fit-elle ? Il faut se décider. M. Fourniol peut rapporter aujourd'hui même l'autorisation du parquet et je ne veux pas me trouver désarmée par la célébration du mariage, je céderai... vous savez à quelles conditions... je ne serai pas exigeante. Je suis riche, vous me devez une somme importante... donnez moi votre nom, je vous donne quittance et je vous

laisse votre liberté... Ma fortune sera la vôtre...
Voyons, le temps presse et on ne comprendrait pas
que nous soyons restés si longtemps ensemble si vous
n'annonciez pas une grande nouvelle...

Malgré l'abaissement moral dans lequel il était
depuis longtemps plongé, le marquis se révolta. Quoi !
Une misérable institutrice, une femme de charge lui
imposait des conditions, à lui, un d'Alboise, et dans le
château de ses pères ! C'était trop d'audace. Et elle
était là, calme, souriante à l'idée d'être marquise,
d'acheter un nom et un blason ! Comme il souffrait
et combien sa vie passée lui répugnait !

— Non, jamais, cria-t-il, menaçant de frapper ; et
si tu parles, je te tue comme un chien !

Mais la Suchet, ainsi qu'une araignée qui lentement
a tissé sa toile et a fini par enserrer sa proie, attendait. Le frelon ne lui échapperait pas. Elle comprenait ce qui se passait dans ce cœur de débauché, dans
ce cœur usé de gentilhomme dégénéré, et elle ne lui
ferait pas grâce. Elle voulait et voulait bien. Lui, les
poings crispés, ne parlait plus.

Elle reprit :

— Vous semblez, mon cher marquis, ne vous souvenir de rien et ne pas vous rendre compte de votre
situation. D'après vous, j'aurais inventé de toutes
pièces une histoire fantastique pour vous épouvanter
et abuser de vous. Je ne vous ai, cependant, dit que
l'exacte vérité. Mais puisque votre mémoire vous fait
défaut, que votre cœur reste insensible devant mes
révélations, que vous ne savez quelle décision prendre,

je vais compléter les renseignements que vous me
paraissez attendre et dans quelques instants, vous
serez à même de vous arrêter à un parti... car il
faudra conclure... Avec Mme la comtesse Anna Slikoff
vous étiez en Angleterre, je ne l'ignorais pas... Je
n'ignorais pas davantage pourquoi vous restiez si
longtemps en ce pays humide et désagréable... Je
savais que vos amours avec la belle Russe auraient un
témoin qu'il fallait dissimuler ou faire disparaître...
Et je veillais. Aussi quand Zizi, la fille de Nicolas
Slikoff, le mari de votre maîtresse, et de Mlle Antoinette d'Alboise, votre sœur, mourut, il me fallait un
gage pour l'avenir... ce gage, je le pris en Angleterre
ou vous l'aviez abandonné; ce gage, il est ici, à
Alboise... et comme vous seriez incrédule, tenez, voici,
lisez !

Elle tenait le papier qu'elle avait montré tout à
l'heure et le marquis le prit, lisant avec une stupide
et morne lassitude :

« Nous paierons le jour du mariage de notre enfant
» la somme de cent mille francs.

Signé : Comtesse ANNA SLIKOFF.
Marquis HENRI D'ALBOISE.

Le marquis déchira le papier.
— Je m'y attendais, repartit le Suchet en souriant,
mais j'ai l'original et vais le montrer à toute la Société
réunie au château.

Elle était capable d'exécuter sa menace. Henri, dans un suprême effort, retint la duègne.

— Restez, fit-il, respectez encore le nom des d'Alboise, respectez la mémoire de tous ceux que vous avez connus, du marquis et de la marquise, respectez enfin la mémoire de ma sœur et ne troublez pas davantage le bonheur d'une pauvre enfant, de Marie qui n'est pas responsable de sa naissance, respectez...

Il ne put continuer. Les larmes succédaient à sa surexcitation passagère et ces larmes prescrivaient toute velléité de résistance. Et cet homme, vieux avant l'âge, pleurait d'attendrissement. Il se souvenait, maintenant; sa vie était terminée, mais il voulait être utile à l'enfant qu'il avait abandonnée et qu'il retrouvait portant un autre nom, celui de son beau-frère, et qu'il ne pouvait plus officiellement reconnaître pour sienne; il rachèterait, d'un seul coup, à son insu, tous ses torts envers elle. Il cédait et acceptait le marché!

— Eh, bien! questionna la Suchet?

— Oui, tout... ce que vous voudrez.

— J'annoncerai la chose à tout le monde, aujourd'hui même?...

— Si vous voulez...

— Embrassez-moi, fit l'ancienne institutrice.

Et le marquis, machinalement, inconsciemment, approcha ses lèvres de la peau tavelée de cette fiancée quinquagénaire.

XII

A la surexcitation du moment avait succédé une grande prostration. La vie qu'elle croyait faite de joie et de bonheur, un instant auparavant, apparaissait maintenant sombre et pleine d'inquiétude à Mlle de Baratte désespérant de voir jamais réaliser ses vœux. Elle était abattue. La lutte l'effrayait. Puis, seule en sa chambre, livrée à ses noires pensées, elle se prenait à douter de tout et de tous. N'était-elle pas vouée au malheur? Et le « vieil ami » qui ne venait pas la voir! Et son fiancé ne pouvait-il se soustraire un instant à la société des invités! Elle devenait injuste.

L'amour a de ces propos qui dissipent les nuages les plus épais. L'officier venait de frapper doucement à la porte et le cœur de la jeune fille lui disait que c'était bien lui. Zizi se leva, essuya ses yeux et courut ouvrir sans demander qui la venait voir. Oh! elle ne se trompait pas!

Il leur tardait de se voir, de causer, de se communiquer leurs impressions, à ces enfants qui n'avaient jamais fait de mal à personne et qui étaient victimes d'une haine sourde.

— Ne me jugez pas mal, cher monsieur Albert, de ce que j'ai voulu rester seule et ne pas me mêler à la foule. Je ne vous oubliais pas. Je vous aime, vous le savez, mais on dirait que la fatalité s'attache à moi et j'ai peur de porter malheur à tout ce qui m'entoure! Comme si ce n'était pas assez d'avoir à rougir d'une naissance irrégulière, il faut que la méchanceté en rende témoin le public! Et moi qui n'ai pas d'état civil, ainsi qu'une fille trouvée dans un chemin, me voilà avec un dossier au parquet! Quelle haine me poursuit donc? Qu'ai-je donc fait pour qu'on s'acharne ainsi après moi? Oubliez-moi, Albert, et dites-vous bien que si j'avais pu être votre femme, mon affection, ma tendresse pour vous eussent été extrêmes, oubliez-moi... Oh! je souffre!...

La jeune fille avait prononcé ces paroles avec une tristesse navrante.

Elle pleurait.

De Marne s'efforça de la calmer, de la tranquilliser.

— Vous souffrez, fit-il doucement, et je souffre aussi, mais est-ce une raison pour se désespérer ainsi? Non, non! C'est de la folie ce que vous dites là. Vous oublier, moi! Le voudrais-je que je ne le pourrais pas. Et puis pourquoi penser au passé, à votre naissance?... Que vous importe puisque je vous aime et que je veux que vous soyez ma femme, ma petite femme aimée,

adorée.... car je le veux, et vous aussi, n'est-ce pas?
Votre cœur n'a pu changer si vite...

— Mon cœur n'a point changé, vous le savez bien,
mais c'est assez d'un malheureux et pourquoi attirer
sur vous et vous les faire partager, les malédictions
qui me poursuivent, les chagrins qui sont mon lot?...

Ces deux êtres que le code n'avait pu unir le matin
étaient unis par un lien plus fort, plus indissoluble,
par l'amour! Ils s'aimaient et rien ne les pourrait séparer. Ils ne songeaient même pas, eux qui étaient en-
tourés de jaloux, de malveillance, qu'ils n'étaient pas
encore libres de demeurer seuls et qu'on pourrait greffer une nouvelle infamie sur leur tête-à-tête. Ils n'y
pensaient pas. On pouvait venir les surprendre, on
verrait simplement qu'ils s'adoraient et que toutes les
machinations ourdies contre eux seraient bien inutiles. Voilà ce qu'on constaterait.

Cependant, l'amour-propre de Zizi avait été profondément atteint. Sa toilette de mariée l'humiliait et
elle ne la porterait certainement pas le soir au dîner
auquel elle était condamnée à paraître. Mais elle était
plus calme; la visite de son fiancé, ainsi que le rayon
de soleil qui sèche la pluie dont sont chargées les
fleurs, avait chassé bien loin les tristesses du moment.
Elle renaissait à l'espérance puisqu'elle était aimée et
que cette espérance serait promptement une réalité!

A Tours, Me Fourniol s'était heurté contre la volonté
bien arrêtée du procureur de la République. Mais, en
présence d'une situation aussi compliquée, aussi tendue, il n'avait pas hésité à mettre le magistrat au cou-

rant de ce qu'il croyait être la vérité. On voulait léser
les droits de cette mineure, la justice avait le devoir
de la protéger. La loi devait être respectée, satisfaite,
cela était encore vrai, mais il fallait abréger les délais
puisqu'il était impossible de se procurer l'acte de naissance et le magistrat, tout à l'heure si rigide, se prêterait certainement à appliquer promptement la loi.

En rentrant à Alboise, le notaire avait trouvé Zizi
presque raisonnable et résignée. Il lui affirma que
toutes les difficultés seraient aplanies et que, dans
quelques jours, le mariage aurait lieu, sans bruit,
dans l'intimité, en robe sombre, ainsi qu'elle le souhaitait.

— Il faut donc faire tout ce que vous voulez et
croire tout ce que vous dites? répondit-elle en souriant.

La journée avait été triste, la soirée le fut moins.
C'est que la grande nouvelle occupait tout le monde.
Ne pouvant fêter les mariés, on fêtait les fiancés dont
tous parlaient. Quoi! Le marquis d'Alboise épouserait
une gouvernante, et quelle gouvernante! Vieille,
laide, maigre, une espèce de bique mal venue! La
noblesse se voilait la face. La grosse comtesse de
Bardane criait bien haut contre un pareil scandale.
Pouvait-on ainsi ternir le blason des d'Alboise? On le
ternissait en le redorant. Enfin ce ne fut qu'un étonnement ; mais la Suchet n'avait pas hésité à annoncer
la chose, sans retard, par précaution, pour que le
marquis ne pût reprendre sa parole. Et elle se mo-
quait des quolibets comme de son premier mensonge.

Le marquis avait l'air d'un condamné faisant crâ-
nement tête à l'orage qui bouleverserait sa vie. Il
irait jusqu'au bout du sacrifice ; il était beau joueur
et surprenait tout le monde par son attitude calme et
placide. S'il n'avait écouté que son cœur, il eût même
laissé percer le contentement qui était en lui, car son
suicide moral aidait au bonheur de sa fille.

Les invités avaient regagné leurs demeures respec-
tives et les carrosses roulèrent de nouveau, geignant
sur les cailloux de la route à chaque cahotement qui
mettait à une douloureuse épreuves leurs respectables
ressorts.

A quelques semaines de là, le maire Peyron prenait
une éclatante revanche de sa mésaventure et procédait à une double union : l'une, avec l'avenir, la joie,
le bonheur en perspective, la jeunesse, la fortune et
la santé en dot ; — l'autre, avec une vieillesse prématurée, le calcul pour base et la honte comme raison
sociale : mais la Suchet était marquise !

XIII

Après ces événements, deux hommes allaient se trouver en présence, le comte et le notaire, l'un poursuivant encore son but, l'autre absolument heureux de l'avoir atteint. De Baratte demanderait certainement la renonciation de Mme de Marne, renonciation à laquelle rien ne se devait plus opposer.

— Mon cher notaire, dit un jour le comte, le plus difficile de notre besogne est fait. Marie est mariée, elle est quasiment majeure et va renoncer à son legs, puis tout sera dit !

Fourniol accueillit froidement cette ouverture. Il espérait ainsi éviter une explication pénible. Ce fut en vain.

De Baratte insista.

— Monsieur le comte, fit-il sèchement, votre fille est mariée et nul plus que moi n'en est satisfait.

Mme de Baratte m'avait prié de veiller sur cette enfant, de la défendre contre ses ennemis jusqu'à ce qu'elle eût un protecteur : j'ai accompli ma tâche, Zizi, aujourd'hui Mme de Marne, a un protecteur, adressez-vous à lui... mon mandat est achevé... Vous auriez pu perdre cette jeune fille, je voulais l'arracher à votre domination et j'ai dû m'associer à vos propositions. Cette enfant est heureuse et il ne saurait me convenir de travailler à défaire ce que nous avons fait... Ainsi donc...

Stupéfié par un pareil langage, le bon Agénor avait écouté en silence. Puis, tout à coup, le sang lui afflua au visage et, menaçant, il s'approcha de Fourniol.

— Vous m'avez trahi ? s'écria-t-il.

— Heureusement vous ne vous en apercevez que le jour où votre fille — il appuya sur le mot — n'est plus sous votre tutelle.

Ce sang-froid exaspéra le comte qui leva la main pour frapper Fernand.

Mais le notaire était vigoureux, et saisissant le poignet de cette bête brute :

— Restez tranquille, comte, ou je vous livre à la justice !

Le mot de justice calma de Baratte qui grommela :

— J'aurais dû me douter que votre affection était intéressée, que cette fille...

Un sourire amer plissa les lèvres de Fourniol. Il reprit :

— Je voulais la tirer de vos griffes, car il ne vous suffisait pas de lui prendre sa fortune, il vous fallait son honneur ! Tenez, brisons là !

Et sonnant son domestique :

— Reconduisez monsieur !

Le comte aurait voulu se venger.

On s'était moqué de lui et on verrait.

Il chercha à vendre la terre d'Alboise, même à vil prix, uniquement pour détruire le legs de Zizi, mais le notaire veillait, et toutes les tentatives de de Baratte furent vaines. Puis un beau jour, on apprit qu'il était parti pour la Cochinchine d'où il ne revint jamais.

Quant à Fernand Fourniol, il ne s'est jamais marié.

Il a gardé au fond du cœur, pur et intact, l'amour qu'il avait voué à Mlle Antoinette d'Alboise et le bonheur de Zizi est la récompense de son désintéressement.

Il a reçu une lettre du marquis, lettre qui lui apprenait enfin la vérité.

« Ne m'en veuillez plus, mon cher Fernand, j'expie bien cruellement les écarts de ma vie passée. Le présent m'est odieux, l'avenir me fait peur. La mort sera pour moi la délivrance. Mais avant de mourir, je vous recommande Zizi, cette enfant née de mes relations avec la comtesse Slikoff. Je sais que vous ne l'abandonnerez pas. Merci. Le secret de cette naissance vous explique mon mariage avec un monstre. Adieu. Embrassez ma fille !

> » Henri, marquis d'Alboise. »

Au sortir d'une nuit de jeu, à Monaco, le marquis avait mis fin à ses jours.

FIN

ÉMILE COLIN, IMPRIMERIE DE LAGNY (S.-&-M.)

AVIS DE L'ÉDITEUR

Le but de la collection des *Auteurs célèbres*, à **60** *centimes le* volume, est de mettre entre toutes les mains de bonnes éditions des meilleurs écrivains modernes et contemporains.

Sous un format commode et pouvant en même temps tenir une belle place dans toute bibliothèque, il paraît chaque quinzaine un volume.

CHAQUE OUVRAGE EST COMPLET EN UN VOLUME

POUR LES Nºˢ 1 A 375, DEMANDER LE CATALOGUE SPÉCIAL

En jolie reliure spéciale à la collection, **1 fr. le volu**
ENVOI FRANCO CONTRE MANDAT OU TIMBRES

Imprimerie LAHURE, rue de Fleurus, 9, à Paris.

www.ingramcontent.com/pod-product-compliance
Lightning Source LLC
Chambersburg PA
CBHW061430030726
47503CB00005B/1364